都是陌生旅程的起點

顧燕翎 著

名家推薦（依姓氏筆畫序）

王瑞香（自由寫作者）：

台灣第一位女性主義政務官懷著和初戀（文學）重逢的激情，寫下她人生中於學術、運動、官場等領域裡的獨特經歷與心得。這本近似自傳、側重作者涉身婦運與官場之心路歷程的文集，既看得到上乘的散文（如〈市場：生命的交會點〉）和第一手的婦運記錄（如〈芝加哥之怒〉）與直言不諱的官場觀察（如〈改變成真〉），更有作者在世界各地結緣之婦女的動人故事（如〈拎著水桶坐公車的女人〉），以及她對生命的觀照（如〈生命的縫隙〉），豐富且深刻。

朱恩伶（翻譯工作者）：

燕翎的文筆清新，情思細膩，天性樂觀，對女性主義情有獨鍾。在豐富的一生中，她曾積極從事大學教育，熱情參與婦女運動，勇闖政治叢林，體貼關懷弱勢，盡力推動社會改革，留下一位女性主義者不凡的行腳。回首來時路，只見雲淡風輕，往日的點點滴滴悉數化為鮮活動人的故事，洞悉世情，屢屢在生命的縫隙看見光，恰如她所言：「處處意外，卻也處處驚喜。」我在字裡行間，讀到她溫暖、熱情、幽默、深省、睿智、豁達、永不放棄希望的真性情，真是文如其人，躍然紙上。

張小虹（台灣大學外文系教授）：

生命的縫隙無預警乍現，就此打開了台灣知名婦運學者顧燕翎的散文創作新起點。《都是陌生旅程的起點》從最貼身的人事物寫起，文字精準簡潔、情真意切，滿是閱世的寬厚與理解，處變中的隨緣與自在。這是一本女人寫給女人、女人鼓舞女人的書，讓我們忍不住邊讀邊歡喜讚嘆，原來在生命的每一個轉角處，都可以像她一樣舞蹈歌唱。

蘇其康（高雄醫學大學語言文化中心講座教授）：

乍看書名似乎不易摸著邊，但全書三輯「隙縫中看見生命」、「愛上女性主義」和「勇闖政治森林」全都是有深意的經驗談：在日常生活中反映思辨、在旅途中思索歷史、文明和制度，在公部門中推動人性化的公平正義和女性思維，此外，還有奠基環保的生機飲食介紹。這三輯文字雋永、洗鍊中有文學味道，充分反映作者的背景。顧燕翎大學時代唸台大外文系，雖然一度猶豫自己真正的興趣，但文學細胞尚在；當過「大學新聞社」的記者，觀察入微的歷練早已開始，又當過外文系系學會的會長，是我非常敬佩的班上女中豪傑。

四十多年的情誼，面對好文章，讓我們一起欣賞《都是陌生旅程的起點》。

「魚與熊掌」兼得的女性主義人生

——推薦《都是陌生旅程的起點》

范情

一九八〇年代，女性主義在台灣方興，但仍為禁忌，婦女研究更是荒漠，顧燕翎是第一代女性主義婦女研究學者。當時女性主義知識多為翻譯作品，或個人生活觀察，她的理論文章獨樹一幟，邏輯清晰，嚴謹扎實，是想一探女性主義或婦女運動理論奧門的至寶。燕翎追求理論和行動兼具的學問，投身婦女研究是她循規蹈矩人生的第一個大轉折；美國求學時，慈祥的指導教授，男性，曾對她說，理論和行動兼具的理想學問誰不嚮往，可惜沒有，魚與熊掌無法兼得；結果燕翎找到了有理論和實踐藍圖的女性主義，拒絕了人人視為理所當然的博士學位，改做還未獲學術界認同的婦女研究。轉折成了人生重要的起點，女性主義成為最愛，理論與實踐也貫穿她的志業和生活，從參與婦女運動、大學校園改革到成為台灣第一位女性主義政務官，以致許多生命的決定。

我一直視燕翎為學術「嚴格標準」的象徵，也以她的積極、認真、效率為標竿榜樣。從婦女新知基金會到台北女青年會的性別推動小組共事，一九九六年參與燕翎召集的女性主義理論流派寫作，一起做行政院研考會的性別機制研究，共遊世界唯一女性文字「女書」發源地：江永，以及今年五月參訪芬蘭老年政策與機構，隨年齡增長，也分享生活心得，成為好友。受邀寫序，意外而榮幸。

《都是陌生旅程的起點》無論就內容或出書（文學寫作）這件事，都是燕翎的人生理論與實踐成果。書分三輯，我最好奇的是追求自由、平等的女性主義者進入官僚體系，她如何觀察官場，如何做事。

燕翎最厲害的地方是從「影響人」，而「改變事」。常見官員、委員咄咄逼人、訓斥公務人員，燕翎卻常對我稱讚一些她熟識的政府公務員，她說，我們的公務員經過高、普考，都是台灣很優秀的人才。為什麼「公務員」成了「冗」的象徵？「公務員心態」是爭功諉過、刻板照章行事、踢皮球的代名詞？燕翎如何以女性主義改變「人」？

燕翎雖知美國當代女性主義政治學者 Kathy Ferguson 的研究，認為女性主義和官僚體制不可能相容，燕翎也分析殺死公務員熱情的表章制度，但她受黑澤明導演一九五二年描寫公務員的電影《生之慾》感動，任職公務員訓練中心主任時，以《生之慾》鼓勵同仁將工作和個人生命意義相連，不浪費生命，衝出改變。雖然《生之慾》電影中，一個公務員預知死亡前半年徹悟生命而激情改變，最終社會體制與人性依然故我；燕翎則為主角改變後對人生的滿足而感動，以女性主義關心人的生命立場，欣喜看到人的可能。

走入政治叢林，燕翎以女性主義探照燈引領，只要有可「改革」之處，就是光的所在，也是她的方向，在當今世道，顯得不合時宜，例如擔任台北市社會局長時，介入人人迴避的殯葬業改革。讀燕翎的〈政治叢林〉文章也如看一幕幕荒謬戲，「民主」時代，官場升官進爵習氣不變，依法行政，但無人關心法規漏洞，為了防弊，公務人員耗費精力，利益團體維護既得利益，民選首長有四年選票考量，民意代表與號稱監督政府的第四權媒體追求曝光與收視率；燕翎是想做事的人，她的改革或生利成了政治不正確，遭遇難堪如：業者推輪椅、撒尿布、找民意代表對峙抗議，媒體失焦，長官不悅，加上台灣政黨惡性鬥爭，好的政策無法推行。看到燕翎為了顧念都市邊緣人、盲人、老人、死人（安葬）而委曲求全，我心不忍，但也佩服。短暫公務員生涯中，幸好在有想法的人才協助下，當議員、官員還在口沫橫飛時，她的政策已輕舟飛渡，獲民眾青睞，完成照顧因社會歧視受害的遊民、推動回歸自然的樹葬、灑葬、海葬及鼓吹開放明眼人按摩，讓「只是眼睛看不見」的盲人，不局限於按摩業，能獲得個人最大的成長與發展。她以女性主義「互為主體」的概念關心弱勢，希望世界是能看見他人，去除個人心中的盲點。

燕翎獨立思考與追根究柢的學者習性，讓她在庸碌官場中，思維作法不同流俗，例如：「女人與盲人，誰才是弱勢？」提議開放明眼弱勢女性按摩，反而與昔日女性主義陣營同志分道；藉「認真誠懇、斤斤計較、算得清清楚楚」，使既得利益團體的反對聲音喪失立場。在習於「吃大鍋飯」的公務機關中，積極研究管理，檢討每一項業務的成本效益、流程、方法……，突破女性主義者談平等不談績效，左派把績效看做資本主義流毒，壓搾勞力的工具的禁忌。同以義工身分參與民間團體工作，燕翎常和我互相勉勵，成本概念和效率是生存要件，而我還無法做好，她已把這個精神帶入政府。

燕翎如好奇的愛麗絲跳進兔子洞，漫遊，透視周遭一張張鬼牌，自述如「白目」般，知其不可而為之；這不是學者理智的分析，而是不理智的改革者熱情。我不解「理性的」

燕翎何以能看透現實荒謬，卻未遺棄世界，仍然有改革者的熱情，直到我讀了〈愛上女性主義〉。

遇見女性主義是許多人生命中的重要轉折，理由各有不同，燕翎因重視理論與實踐合一，女性主義讓她發現問題，也幫助解決問題。燕翎是讀書人，因書啟蒙，〈愛上女性主義〉輯中細數她的啟蒙書籍。而她的女性主義也是五湖四海的，如同「早在十九世紀，不同國籍的女人就不辭舟車勞頓、環繞地球、一次又一次地召開世界婦女會議，在現代化客輪和飛機尚未問世之前，這樣做需要多大的勇氣和盼望，得儲蓄多久啊！」燕翎也是一直環繞地球奔波，從參加世界女性組織會議到國內各婦女團體，從僅能藉第三人翻譯的俄羅斯到世界唯一的神祕女性文字「女書」發源地江永，從結識世界婦運領袖到市場縫衣小店的阿婆，她說：「『我』與其他女人相遇，看見彼此，得到印證，也因而獲得智慧和力量。女人似乎總是在別的女人身上看到自己。」「翻開婦女史，女人的成長在集體的、婦運層次和個人層次同時進行著，互相交錯增強。」五湖四海互相支持的姊妹情誼，讓她能在婦女研究備受質疑的年代繼續至今，也穿透許多人生無奈。

燕翎一篇哀悼學生的文章〈環海公路一三八．五：一九九三最後的春天〉讓我震撼，她嘆息優秀學生，誤信西方哲學身心分離，導致概念吃掉優秀的年輕人，「憤怒你全盤信了西方哲學思維傳統的二分法——那些男性哲學家無償占用女性身體和勞務之後的空言，那些企圖轉化血肉之軀為烈士的誑語，果決勇敢地完成了意志和身體的分割，也因此才有效執行了卡繆所謂的『哲學性自殺』，藉由『處決自己的生命來成就自由意志以及避免異化。』」「你雖倡言以行動克服『異化』，可是當你與肉身對立，以超強的意志來壓抑肉體的『反叛』和痛苦時，這種與己身為敵的作法不是跟自我最大的疏離嗎？」燕翎的犀利穿透分析，也讓我豁然開朗，她不只有精鍊理論思考，更與身體自覺、感受、生活與生命結合，因此不因現實環境荒謬不符合理論分析完美而挫敗悲觀。因為有感受，與人與生命連結，才能在清楚意識荒謬、衝突、無解中看到存活的意義，而有繼續改革的熱情。燕翎的改革隨時隨地，高尚的知識圈、校園，也是戰場；善意者勸她，「不要生氣」、「妳就是不夠溫柔」，惡意攻訐黑函將她貼上「女性主義者」標籤，她最愛的身分成了汙名的來源。世人不知，女性主義者的溫柔是對生命與人的愛，也是批判世情的基礎。

女性主義要看見、聽見有形無形的權勢壓迫下被隱匿的人和聲音，燕翎說，「人生的學習之旅中，學會看見是一門重要的功課，隨著境界的提升，我們學會看得更深、更遠、更敏銳、更包容，變成一個更好、更柔軟的人。」燕翎在忙碌的生活斷裂、縫隙處也看見自己的生命，重拾幼年被壓抑的舞蹈、歌唱與文學寫作。

女性主義者有個金句名言「我的身體，我決定」，在燕翎的生命中獲得最徹底的實踐。一次身體檢查後，面對理性科學的醫學檢驗證據，她聽從自己身體的聲音，給自己機會，進醫院前，到久別的山林。她不一定能判別事情可能的發展結果，但這一步讓她身心完整。讀到她寫先生從新竹開車到南庄，苦口婆心勸她回台北就醫，認為妻子居然看樹林不看醫生，行徑荒誕，本末倒置，最後「兩人各自擁抱自己的信念，卻無法說服對方，都流下了眼淚，他獨自下山而去。」我想到電影《時時刻刻》中，維吉尼雅·吳爾芙想逃離醫生和丈夫安排靜養的鄉下，回到城市，先生尋到火車站阻止，兩人因愛爭執，因愛淚眼放手；燕翎想從都市忙碌中回歸山林，維吉尼雅感覺鄉間窒息，需求不同，爭取自主的意念一致。女性常常照顧他人，也習慣以受照顧者的需求為主，而當自己成為被照顧者，有多少自決的空間？

燕翎退休後，延續在社會局關注的老人政策，重拾文學寫作初戀，得了梁實秋散文獎，出書；本身就是重要的生命圓夢，也是在自己身上映證老年生活理論實踐。她以不同於學者論述，回顧生命中許多縫隙和起點，紀錄人與人之間、女性之間、識與不識者交錯的光芒，她真誠面對自己，讓在文化下壓抑的自我得以抒發，我也因此感覺更親近燕翎的生命，獲得自己生命的力量。

＊本文作者范情女士，一九八〇年代學新聞、傳播，任記者，初識女性主義。一九九〇年完成學業回國，參與台灣婦運，在大學兼課。近年，專注媒體中的婦女性別議題。

鐵杵磨成繡花針（自序）

活得長久（前提是也活得健康）有一個好處，那就是有足夠的時間來完成畢生的夢想。因為對高齡社會公共政策的興趣和對美好社會的嚮往，我對芬蘭這個國家的文化與制度一直很有興趣。讀了不少研究論文、結識了幾位來台訪問的芬蘭學者、自己也寫了一篇有關芬蘭照顧政策的論文之後，便打定主意要登堂入室，探個究竟。和朋友們談起，有同樣興致的人不少，但承諾同行的卻只有兩位，其中一位又只有寒暑假才可以，與芬蘭方面提出的五月在時間上有衝突。大部分的人都會問：要花多少錢？去多少天？去哪些地方？這些問題我在實際規劃行程之前並無法確切回答。於是有三、四年的時間，芬蘭行始終停留在空中樓閣的藍圖階段。

直到遇到兩位行動力極強的新朋友，她們什麼也沒多問，便承諾同行，而且分擔了部分旅程的規畫，那位大學任教的也退休了，我有了基本的成員便積極連繫參訪對象、安排路程，也很快招募到理想的人數。在春暖花開、日照最長的五月天到了赫爾新基和優伕斯科拉兩個城市，參訪高齡社會公共政策的研究機構和照顧機構、老年住宅，與專業工作者深談，同時也以自助旅行的方式享受美麗的森林、湖泊、海岸、公園、古蹟和現代化國際都會，大家都深感不虛此行，美夢成真的感覺真好。

另一個比芬蘭夢歷時更長、一度被歲月埋藏的夢想便是我的作家夢。要不是妹妹提醒，我自己已經忘了在高中參加救國團的戰鬥文藝營之前，初中時代即是一家文學函授班的學員，足證我曾經多麼認真和多早想成為作家。成年後專注於書寫論文和評論，早早荒廢了文學的田地。但身為台灣第一代女性主義者，行走於學術、社會運動、公部門之間，有太多與前人不同的人生故事渴望分享，於是半世紀後重拾文學的鍵盤，花了數年時間，敲打下生命的音符，修修改改，不自量力地交給九歌出版社。九歌是歷史悠久、極富盛名的文學出版社，選稿嚴謹，對於我的嘔心瀝血之作並不全盤接受。回到家來，揣摩編意，再讀文章，覺得有些部分論述性太強，故事性太弱，需要在心靈、情感層面多做溝通，方能動人心弦。

我不想改變我的題材，特別是公部門生涯的冷暖點滴，現代台灣少有文學作品處理這方面的主題，但吳敬梓（《儒林外史》）、李寶嘉（《官場現形記》）、黑澤明（《生之慾》）都曾經以小說或電影的形式從第三者的觀點或嘲諷或悲憫地述說官場的故事，悲觀地看到官場的黑暗和人性的軟弱。我想從不同的視角、用不同的文體、以不同的性別身分切入官場，看見轉變的可能。所以又花了一、兩年時間改寫，鐵杵磨得有點繡花針的樣子了，方才為九歌接受，也終於有機會出版此生第一本散文集。

慶幸自己仍然有能力快樂織夢，下一場大夢是出版婦運論文集。

顧燕翎　於二〇一五年八月

目錄

輯二 愛上女性主義

輯三 **勇闖政治叢林**

輯一

隙縫中看見生命

人生像是各式各樣旅程的集合，有刻意尋訪，也有意外巧遇，不論雙腳曾經如何走過，滄海如何變成桑田，已經發生的都值得回味與感謝。

邀請您一起踏上陌生的旅途，在流變的人生風景中，從百年前江南古城的叛逆到當代矽谷的政治激情，從東京銀座落寞的媽媽桑，到墨西哥瓦哈卡滿懷希望的拎著水桶坐公車的女人，或許可以探索到一線生命的意義，交換旅途中驚嘆與歡笑。

初戀文學

文學和我始終若即若離。

小時候，跟著外婆讀《古文觀止》，媽媽床頭的雜誌《文壇》和《作品》被我翻了又翻，幾乎翻爛了，大約有字的東西都喜歡拿起來讀。外婆雖是女流，自己也喜歡詩詞美文，卻常要她的孫輩讀論說文和報紙的社論，對於抒情寫意的「閨秀派」評價甚低。事後想來，外婆甚受主流薰陶的價值觀多少左右了我的品味。

高中時，班上幾位好友自許為文藝青年，喜歡讀《飲冰室文集》之類的大部頭書。當時流行交筆友，我沒有筆友，但好友和《台大青年》的社長、主編卻是經常魚雁往返，收到每期的《台大青年》，大家傳閱，滿懷憧憬，於是一個南部鄉下的高中生興起了有為者亦若是的壯志。

第一次從南台灣獨自負笈北上，不是為了讀大學。當時未滿十七歲，參加救國團的暑期戰鬥文藝營，好像是第二期。學員裡有大學生，也有高中生，大約百人，還有旁聽生，如家住在營區附近的沈謙。營裡的風流人物，像季季、喻麗清、馬以南、鄧育昆等，都是已經得過全國性大獎的閃亮文藝青年。自己，一個憂時憂民的小書呆子，一點不起眼，也不文學，從來沒有被老師看到，連挑選女生上當時剛開播的電視台表演土風舞，都被漏掉。別人問我：你的志願是什麼？我想了想，放棄了我的文學大夢，輕輕說，學者。其實也不大清楚學者要做些什麼，或許覺得學者不像作家那麼遙不可及。

第一志願考上台大外文系，當時乙組最高分的學系，捨不得不填。進了外文系之後，卻花了四年時間琢磨，是否念對了系，但也不清楚別的系在做什麼。不是不喜歡外文，卻始終缺乏激情，王文興老師出的是非選擇題也覺得無從回答。後來隨著「來來來，來台大；去去去，去美國」的浪潮出國留學，換了兩次主修，拒絕了博士學位，我的指導教授問我：你到底想念什麼，我說，我希望又有行動、又有理論。教授是位慈祥的白髮長者，男性，對學生很有耐心，以他的人生經驗開導我，他說，這樣理想的學科誰不嚮往，可惜並不存在，魚與熊掌不可兼得，人必須有所取捨，力勸我先務實地拿到學位再說，那時候念學位似乎還是年輕人的事，很少人中高齡再回校念學位。當時的社會科學界流行做量化研究，在協助一位馬來西亞華裔學姊蒐集論文資料的過程中，我覺得太無聊了，決定不要這樣浪費生命，放棄寫博士論文。記得她的研究主題是黑白圖片和彩色圖片對學童學習效果的影響，我告訴她，不論效果如何，將來的教科書都是彩色的。她卻說為了研究而研究仍是十分值得。

回台後，因參與婦運，心中充滿了待解的問題。於是不顧升等的困難，沒有國科會的研究經費，也顧不得同事的嘲笑和奚落，只想為疑惑尋答案，自然而然成為第一代的婦女研究學者，才終於安頓了自己的心。而婦女研究居然一度在世界上成了顯學。這或許是我那位慈父般的教授始料未及的。

接下來的數十寒暑，奔走於婦運、婦研，投入政府改造，寫論文、寫評論、研究、執行政策，忙得不亦樂乎，感覺上似乎離文學愈來愈遠了。

但心中的火燄終究要尋找出口，生命渴望傾訴和分享。在人世的翻騰中，雖然不停用腦在思考、在做決定，心卻無法停止感受，論事說理終究無法滿足情感需求。離開公務後，用筆書寫的時代已經消逝了，但我還是可以坐在電腦前，用鍵盤敲打出心中的音符。二〇〇九年意外獲得了夢寐以求的梁實秋散文獎，實在是莫大的鼓勵。誰想得到呢？生命在繞了一大圈之後，又帶我回到初戀的文學路上。

三十歲的老太太

我和外婆相差四十歲，以當今的標準，是母女的年齡距離，而女人四十也正是風華正盛的花樣青春。可是在我的記憶中，外婆自始即是老太太，終年盤著髮髻，穿著寬大的衣衫，出門的時候換上沒有腰身、暗色的旗袍，在我還小的時候，喜歡看她拿出粉盒和口紅，略施脂粉，再輕輕點上口紅。七、八十歲之後，因嫌梳頭麻煩，不再盤髻，從此剪了齊耳短髮，也早就不施脂粉，最多抹上一點雪花膏。

兒時住在鄉下，左鄰右舍夫妻吵架、年輕的妻子們互相看不順眼打了起來、省吃儉用被倒了會心情不佳的，都會找上外婆傾訴，而她也總能調停到各方都沒有怨言。在親友鄰居眼中，她是通情達理、受人尊敬的阿婆。有人即使搬到了鎮上、城裡，碰到問題仍會回來求助，甚至決心從頭去學習剛開始流行的針灸課程的，也會將外婆請到家中小住數日，切磋古籍。僅有一次，外婆受朋友請託，花了幾天時間，住在他家，勸他的妻子不要離婚，但那位太太心意堅定，和外婆走過大橋，指著橋下流水說，她寧願此刻跳下橋去，也不願和丈夫共同生活。老人家一向勸和不勸離，此刻也不得不尊重這項選擇。

外婆正式進學堂求學的日子沒有幾年，從小學一路跳學到中學，她熱愛詩詞古文，也曾在外國傳教士辦的女校讀過英文，學會彈風琴，她教給女兒（也就是我媽）的第一首兒歌竟然是英文歌，晚年彈琴自娛，仍然能依照調性彈出各種和弦。少女時期她有一位年長幾歲、青梅竹馬的朋友，在外地讀大學，暑假經常帶著新書回家。兩家後門隔著運河對望，有一過道相連，是雙方家人休閒納涼的地方，兩人偶爾在此相遇，一起讀書、議論時政。那時女人早婚，還沒念完中學，家中就說好了婆家，逼她出嫁。外婆那時已接觸了外面的新思潮，抵死不從，以淚洗面。不料在訂婚前夕，一把無名火從運河對面燒了過來，燒毀了所有嫁妝。為了不讓母親更傷心，只好順從地嫁給了家道已經中落的外公。外公是獨子，父已死，母病弱，外婆成了家中主婦，打理所有事務。婆婆去世後，年輕的主婦不顧親友指責，盡數變賣所剩無幾的家產，鼓勵外公遠赴青島學習電信技術，成為民國第一代的專業人才。

二十世紀初，電影剛從歐美傳入中國，新舊時代交替之際，外婆曾經時髦漂亮過。聽她追憶往事，年輕時常愛仿效知名影星胡蝶的西式打扮，穿著長裙、腳登三寸高跟鞋盪秋千，想來十分風流浪漫。聰慧美麗的女人身旁總不乏仰慕者，外婆應當也有心動的時刻，卻從不逾矩。她不是三從四德的老式女人，卻謹守自己的處世座右銘：「不要把自己的快樂建立在別人的痛苦上。」

可惜外婆的青春歲月才剛開始便結束了，她十七、八歲就做了母親，不到三十歲遇上日本侵華。外公因為職務留守南京，外婆帶著她的女兒和好友的一家老小，包括一位精障、一位智障和兩位老人家，踏上了前往內陸的逃難之旅。有車坐車，有船坐船，沒有車船就安步當車，碰到了疑似土匪者，便主動上前攀談，拉交情、訴國難，土匪居然變成了保鑣，自告奮勇送他們一程，到了安全地帶。在翻山越嶺的逃難路上，外婆仍保留了遊山玩水的閒情逸致，吟詩做詞。

外公最後隨著電信局押送設備撤退到了後方，他們在四川安家，外婆也開始工作，想來是個亮麗而能幹的職業婦女。只是當我的母親上了初中，鄰居太太好心提醒她，女兒都長這麼高了，不可以再做年輕打扮，大概從那時起，她就扮成了老成持重的長者，也就變成了長者。

小時我喜歡翻外婆的針線盒，把玩裡面絲質的流蘇、蕾絲藍紗的蝴蝶貼片，想像那綴滿亮片和繡花的華裙，沒事的時候，用糖果紙來為自己的紙娃娃穿上彩裝。如果手巧一點的話，我似乎應當成為家中的服裝設計師。但現實生活中，我從來沒有跟上時尚，也不知名牌為何物。衣著打扮首先考慮方便和機動性，其次是場合，常忘了年齡和流行風向，不少衣物一穿二、三十年，還是自我感覺良好。就這樣過了四十歲，邁向五十歲，又過了五十，邁向六十，再越過六十，才驚覺自己的衣裝打扮是否也該調整一下，正式進入老年期了。可是當心情不老，身體也不太老，只是日曆老了，又何必硬將自己塞進老年的衣裝和心境呢？

我的外婆聰慧好學，可惜生得太早，承受了清末以來西勢東侵之下、每一個歷史階段家國的苦難。抗戰勝利緊接著國共內戰，她為了照顧初生的孫女（我），暫時隨女兒來台，卻自此與外公相隔兩地，返鄉時墓木已拱。外婆胸懷壯志，家事、國事、天下事，事事關心，只是她的時代和性別剝奪了她的青春、夢想，太早把她變成家中的女人，又太早把她變成老人，圈限了她的人生，豈能無憾？做為她的孫女，我已來不及修補歷史、豐富她的生命，唯一能做的只有好好把握住每一天，活出自己的青春、自己的夢，或許可略為彌補外婆的遺憾？

足下

小時候喜歡聽外婆說陳年往事。坐在她膝下，思緒隨著她的聲音回到二十世紀初，那鋪著青石板、門口流水潺潺的江南小城。其中難忘的一段是外婆的纏足史。

說史實在太誇張，因為外婆只纏了一天，卻深刻左右了我對纏足的態度，遠遠在國族主義、女性主義的教導之前。

像許多同時代的女性，外婆在五、六歲的時候就被用糖果哄著纏上她的雙腳，一層又一層裹腳布彎折了她的腳趾，縛住了她的腳背，她哭喊、反抗，無法逃離。忍受了一夜疼痛，第二天一早，她找到一把剪刀，剪掉了裹腳布，並在疼愛她的姨母那尋到庇蔭，逃脫了纏足的宿命。但那時江南的審美標準仍崇尚纖巧細緻，階級意識也不允許中上人家的女孩擁有一雙大腳丫，因此她仍得穿緊緻的鞋襪，避免雙足長得粗大。

我天生大手大腳，手指長，腳趾也長，而且第二個腳趾頭特別突出，老愛頂破襪子，伸出頭來，被迫蹺曲在鞋內，十分不適。因此若是有機會，我總愛穿涼鞋，解放我那快要變形的腳趾頭。好在我的工作有很長的暑假，所以漫長炎熱的夏天我經常短褲涼鞋行走校園，輕鬆自在。只是上課期間從未像男同事般穿著短褲進教室，現在回想不無遺憾。

離開校園，進入政府工作，我的服裝規矩了許多，收起了短褲，開始添置套裝，只是仍忍不住常常穿上涼鞋或綁鞋帶的便鞋，方便快速行走。對於這件事，我思考過許久，若雙手可以自然裸露，不形成禮儀問題，為什麼腳不可以？我找不到說服自己不得露足的理由——除了纏足的餘緒。纏足時代，女人的腳是性感的象徵，也是最不能裸露的身體部分。那麼當我們不再纏足，性感帶也轉移了陣地，雙足不也可以同時得到實質和精神的解放嗎？

我雖然說服了自己，卻沒機會說服周遭的人，一九九九年我在公務人員訓練中心首創女性領導班，班上聚集了市府的精英女性，大家惺惺相惜，情同姊妹。不過顯然我的足服不符合她們的時尚和禮儀標準，全班竟然集資送了我一雙黑色包頭的半高跟鞋，她們不僅設法取得了我的腳樣，還偷偷試穿了我的舊鞋，保證新鞋一定合腳舒適，雖然有一點跟，但很粗，很好走路。

後來我轉到社會局工作，辦公室搬到了市政府，更接近權力核心，關心我的穿著的人就更多了，只是想要改革的業務太多，占據了我所有的心神，無暇用心於衣飾，不過大部分時間我都規規矩矩地穿上那雙充滿情意的半高跟鞋。有一次偶爾換上涼鞋，走到電梯口，不巧碰到一位局處首長，男性、資深，他大概從不准屬下穿涼鞋，打完招呼後，竟直直盯著我的雙腳。我繼續保持著或許優雅的微笑，心裡盤算著，還要多久才能改變他的腦袋呢？十年，還是半世紀？就在各懷鬼胎中，我們踏進了同一部電梯。

後記：後來我被迫提早離開社會局，他成了中央級首長。或許是鞋子洩露了腦袋的祕密？

她的名字叫罔腰

她像天使般來到我們家庭。

九十高齡的外婆突然中風了，大家忙亂了手腳，對中風不夠了解，一切聽醫生的，醫生雖然權威，卻總未回答我們的諸多疑問，於是在醫院間轉來轉去，慌亂中外婆被迫插上了鼻胃管，坐上了輪椅，開始進行復健。

父母年紀也很大了，我在市府的工作時間從早到晚，一天二十四小時，沒有假日，兩位妹妹輪流從國外請假回來照顧，非長久之計，於是我們開始經過醫院介紹，物色長期照顧的看護。

對每一位看護我們都充滿期待，最後卻是失望，有的漫不經心，有的精神狀況似有問題，有的不願擔任長期看護。我經常接到電話，需要趕往安養中心去協助處理事情。換了六、七位看護之後，妹妹離台的時候到了，她搭乘晚上的班機，早上還在為照顧的事發愁。她不是基督徒，但上帝聽到了她的禱告，下午派了一位天使來。

外婆生性喜愛自由，中風禁錮了她的精神和身體，她失去了行動能力，無法自行進食，連語言表達都日益困難，一切受制於人，心情想來十分鬱卒。陳太太的出現像是一陣春風，爽朗的笑聲緩解了外婆的焦躁，立刻願意讓她推著輪椅到池塘邊去看魚。外婆一向喜歡徜徉於大自然，花草樹木蟲魚鳥獸都能引她駐足，看魚和餵魚本是她每天的功課，我們慶幸她對生命恢復了一點興味。

之後，陳太太便成了外婆主要的照顧和陪伴者。外婆信基督，她是佛教徒，兩人卻相處融洽，她每天為老人家讀《聖經》，外婆尚能言語時，兩人也會開開玩笑。在我成長的過程中，外婆在家中輩分最高，十分威嚴，妹妹從國外寫回的家書總是以「叩首」結尾。看著病中的外婆和陳太太、陳的看護朋友輕鬆調笑，讓我大為吃驚，在信賴的照顧者面前，外婆不再扮演德高望重的長輩，流露出未泯的童心，那是我前所未見的一面。

病後缺乏運動，外婆的身體越來越衰弱，也越來越仰賴陳太太，陳太太是一位稱職又有愛心的照護者，我信任她的判斷，她也接受這份信任，和我的家人都成了朋友。她告訴我，她只有國小畢業，曾經開過自助餐廳，因為處理過太多肉品，自己最終選擇素食。丈夫生意失敗，欠了債務，她仍堅持讓三名子女接受大專教育。為了還債和籌措子女學費，她隻身來到台北，想多賺一點錢，外婆是她在台北的第一位照顧對象。然後，她告訴我，她的名字叫罔腰。

罔腰，多麼熟悉又多麼遙遠的名字！罔市、罔腰、招弟這些標舉女性卑位的名字，我曾經在多少文獻中讀到，又在現實生活中錯身而過。而今，這位站在我面前，我和家人依賴的陽光女性，竟然滿面笑容地告訴我，她就是那個父母無意養育的被嫌棄的女兒，也是我真正認識的第一位取名為隨便養的女兒。她被錯誤生下來，隨便養大，卻活得如此負責任、有尊嚴！

外婆過世前不久，她又告訴我，她口中的小女兒不是她親生的，是她的丈夫外遇、敗盡家財之後帶回來的小孩，她視如己出，現在快要專科畢業了。她的兒子也都大學畢業，找到了很好的工作。

外婆從坐輪椅到輾轉病榻、失去言語，被病痛折磨了四年，終於獲得解脫。我最後一次和陳太太見面是在外婆的葬禮，她拭著眼淚向我們道別。

後來，我打電話給她，也曾向她的仲介公司詢問，卻再也聯絡不上了。她的突然出現和消失，讓我相信她是上帝的使者，來陪伴同樣善良、堅強但命運坎坷的外婆走完人生最後一段路途。只是我祈望，有一天當我們都學會了用更健康的方式飲食、運動和生活，安寧療法和安樂死也都獲得了合法化，她的、我的、我們的最後一段生命之路都可以過得更少痛苦、更平順圓滿。

幻想曲

那年，我在南加州的克雷蒙研究院念書，因為工作的關係，住在帕摩拿大學的學生宿舍，和大學部學生打成一片。還記得有一位大四學生，人高馬大，熱心風趣，人緣極好，滿頭亂蓬蓬的捲髮，乍看之下，神似那幅流傳頗廣的貝多芬肖像，所以大家都親熱地叫他貝多芬。

學期結束了，暑假剛開始，熱鬧的校園頓時冷清下來，剩下的也幾乎都在打包行李，計算歸期。我在路上遇到了貝多芬，他說，現在洛杉磯正在上演轟動一時的迪士尼音樂片〈幻想曲〉（*Fantasia*），要不要一起去看，他另外找了兩位同學，其中一位開車，大家可以分攤油錢。洛杉磯離我們學校開車大約一個多小時，平時我們很少如此遠征去看電影，但是在貝多芬鼓吹之下，似乎不去會很遺憾。

我們傍晚上了路，其他兩位我都不認識，貝多芬簡單地介紹了一下，他們都是大四，剛畢業，我則是剛念完碩士，再過一兩天就要勞燕分飛了。不過大家對未來都充滿了憧憬，沒什麼離情，一路上興高采烈，當然貝多芬的話最多。開車的是一位瘦高的男生，很安靜，名字我早就忘了，只記得他已申請到東岸的研究所，念天文學。在貝多芬的妙語如珠中，我發現坐在駕駛座的他偶爾從後視鏡望著我，微笑。

電影很長，看完後，我們立刻打道回學校。不知為了什麼緣故，或許貝多芬想打瞌睡，回程中我被安排在前座。大家都累了，後座靜悄悄的，不像去時那麼熱鬧。高速公路上車不多，我們在黑夜中疾駛，輕微的引擎聲伴著後座時起時落的酣聲。駕駛的話仍然不多，只是時時側過頭來，兩人相視而笑，空氣中洋溢著甜蜜的氣息。

到了我宿舍門口，他打開車門，下車，伴我走向大門，這時貝多芬醒了，有點訝異地看著我們，不知道他這短短的一眠中，究竟發生了什麼。

什麼也沒有發生，我們輕輕地擁抱、道別，沒有交換地址、電話。第二天我就離開了南加州。

生命以快速的節奏向前推移，回憶退到模糊的角落。卻也從來沒消失。

媽媽桑

離開代代木公園，坐上地鐵，在濛濛細雨中駛向銀座。三十多年了，過去雖有機會回來，但都是跟著團體，或者匆匆路過，無暇懷舊。此番難得享有孑然一身的自由和孤獨，雖然只剩兩個小時就得啟程前往飛機場了，雖然明知早已景物全非，卻仍然想去街頭巷尾尋覓蛛絲馬跡，重溫那段生命軌道外的逍遙時光。

那個夏天，剛念完碩士，從加州回台北，路過東京，去大學同學家逗留兩天。同學的爸爸被公司派駐東京，楊媽媽像當年在台北一樣，熱情接待我。兩天很快過去了，楊媽媽問我，這趟回台北，有什麼特別的計畫嗎？沒有的話，何不留在這個國際大都會找個暑期短工，增加閱歷。我聽了十分心動，楊媽媽幫忙幫到底，動用她的關係，在銀座一家華人女老闆開的居酒屋為我找到了一份臨時工作，帶位、點菜，領取一點零用金。這家純日式的居酒屋主要供日本人下班後休閒社交，賣些酒類飲料和魷魚乾之類的小菜，店中的工作人員全為日本人。由於那時日本經濟發展蓬勃，國際客人越來越多，需要能說英語的接待人員，於是楊媽媽介紹我去，說好為時一個月。因為時間很短，就住在媽媽桑家，睡在她女兒上鋪，幫忙料理家務，作為交換。每天下午，媽媽桑先出門，我則在家裡做好晚餐再自己坐地鐵去上班，晚上一起回家。

穿上當時流行的迷你裙制服，略微化點妝（那時還沒戴上近視眼鏡），懷著參加夏令營的心情展開了我的銀座夜生活。酒店位於黃金地段，媽媽桑又經營得宜，生意很好。我加入之後，日式居酒屋出乎意料地成了我的粉絲俱樂部。那時的日本上班族下班後不立刻回家，習慣先到酒店盤桓一陣子，喝上兩杯，再踏上歸途。大家對我十分好奇，雖然日本人一般英文表達能力不好，但幾乎每個人都設法和我閒扯兩句，即使用紙筆和手勢也好。各國的觀光客更像是他鄉遇故知，只要人在東京，每天都來打個招呼，報告當日見聞和旅遊規畫。印象最深刻的是兩位澳洲年輕人，他們結伴到日本旅行，完全不預先計畫，到了車站才決定上哪班車和去哪個地方。理由很簡單，既然是渡假，便應當全然放鬆、自由自在，只要不錯過回澳洲的班機就夠了。這樣的生活態度對於久受各種規矩束縛的我來說，真是太瀟灑、太迷人了，從此對澳洲人出奇地佩服。

對於我帶來的興旺生意，媽媽桑很高興，下班後請我去吃韓國烤肉犒賞，卻也十分傷感，因為她自己的一對兒女都在美國學校念完中學，正在念大學，但從不來店裡幫忙。全家人住在她披星戴月賺錢買來的高級庭院住宅、丈夫開進口名牌轎車、兒女上美國學校，卻都以她的工作為恥，從不踏入店裡半步。

風韻美麗的媽媽桑每天親自坐在收銀機後面，指揮全局，與客人說說笑笑，但從不喝酒，工作人員也不可以在店內喝酒，規矩森嚴。以一個外國人的身分在極端排外的日本經營一家成功的日式居酒屋，證明了老闆的聰慧與幹練。媽媽桑打扮入時，每天忙進忙出，周旋於各色人等之間，敲打著收銀機，賺進大筆銀子，然而我卻隱約感覺到在燈紅酒綠之間她的孤寂。這似乎不是她想要的人生，但她的夢想是什麼呢？

媽媽桑生於傳統禮教家庭，青少年時期正逢日本侵華，戰亂中離開了家鄉，成為熱血沸騰的愛國學生，在校園中十分活躍。隨國民政府到台灣後，已到了當時公認的適婚年齡，在朋友介紹下相親認識了在國營企業工作的丈夫，結婚生子。丈夫被外派到日本，她也理所當然辭去工作，舉家遷居到她曾經不共戴天的敵國。

生活畢竟是現實的，丈夫的收入不差，但在生活費用昂貴的東京卻仍捉襟見肘。媽媽桑決定出外找工作，憑著看電視學會的蹩腳日語，又不想影響家務，她找到了一家酒店的會計工作，而且很快看清了這個行業的賺錢竅門，當機會來臨時，決定出來自立門戶。丈夫並不支持，找出種種理由反對，最後才像施恩般地有條件妥協：可以出來創業，但前提是必須先照顧好家庭，也就是仍需像過去一樣服侍好丈夫子女，不影響家庭生活。真是最典型的片面不平等條約：家人繼續享受她的家事勞務，不分擔創業的艱辛，卻毫不汗顏地揮霍她的物質成果，還要在精神上羞辱她的工作來遮掩自己的坐享其成。我在家很少看到男主人，他表現得像一個受委屈的丈夫，藉著找自己的樂子來尋求補償。這時的我還不是女性主義者，世界性第二波婦女運動也才剛起步，但我相信，媽媽桑坐在收銀機後的落寞身影是推我走向女性主義研究的動力之一。

可以看得出來，客人當中不乏媽媽桑的仰慕者，可是她用統領員工的嚴謹克制自己，優雅地處理人際關係，從不逾越分際。但是，她真的沒有動心過？一次我們獨處時她不經意地透露了心事，曾經有一位學繪畫的年輕調酒師，因為住處和她家相近，晚上常開車送她回家。帥氣又有才華的調酒師漸漸愛上了媽媽桑，趁空在吧台上畫她的速寫。一天晚上鼓足了勇氣向她展示畫作表達愛意，媽媽桑的理性算計似乎永遠超越她的浪漫情懷（她大概早已不再做夢了），怕發生不測，當下虛與委蛇，之後匆匆下車，第二天立刻開除了他。她相信自己做了當機立斷的明智決定，只是午夜夢回，她真的全然無憾嗎？

媽媽桑顯然是父權社會裡標準的好女兒，熟知而且謹守女人的「本分」與「天職」，她不僅絕對忠於她的家庭，也忠於她的國家。當時中華民國已退出聯合國，美國總統尼克森剛訪問過大陸，發表了三個聯合公報，為建交做準備，日本的田中角榮首相則積極向中華人民共和國示好，終於在當年九月搶先完成建交。那時正值風雨欲來的七月，僑界人心惶惶，有錢人紛紛做避居他處的打算。經歷過抗戰和剿匪，媽媽桑對於

「匪日」即將建交深感不安，除了孤臣孽子的傷痛外，也深怕自己的政治立場不利於以後在日本發展。正好日本政府鼓勵移民巴西，她也積極做準備，打算到巴西的日本人聚集地去開居酒屋，繼續從事她熟悉的行業。我離開的時候，她正打起精神，找人來整修店面，以賣個好價錢為目標。

往事似煙塵飄去，楊媽媽全家不久移民美國，她打點好每個兒女的出路，癌症過世。媽媽桑去了巴西嗎？還是也移民到了美國，或是隨日本移民潮的回流又回到日本？最重要的是，她最終如何安排自己的人生？至死不渝地做個父權社會調教下的好女兒？我一直無從得知。如今銀座風華依舊，昔日身影卻早已不在了。感念兩位媽媽，銀座的一個月讓我暫時逸出人生的既定軌道，而且再也不想完全回去了。

生命的縫隙

生命循著既定的軌跡往前轉動，一切看似理所當然，
直到有一天，環環相扣間出現了縫隙，
光線透進來，照射出新的可能……。

早上九點，天色灰濛濛的，太陽尚未露臉，台北初冬如一貫陰鬱。我提著簡單的行囊，走出公寓大門，馬路對面停著灰色的休旅車，友人們已經辦好了來台北的事，順道接我回南庄小住。暫別這個熟悉的城市，或者，嘗試任何一件新鮮事，似乎都可以讓我從健檢陰霾中暫且脫身。

離開台北，一路南行，雲層漸開。在頭份下了高速公路，迤邐穿越三灣小鎮，過中港溪大橋，左轉駛入田間細徑。稻作剛收成，尚未翻土，休耕的田裡長滿了紅、白、粉色的波斯菊，間或夾雜著大片黃色向日葵、紫色霍香薊。彩色花浪隨風翻轉搖曳，恣意拍打著疏落其間的紅瓦屋。重疊深淺的藍色山脈，在遙遠的盡頭橫觀靜臥，不為所動。

上帝的畫筆潑灑出生命的自然美好，將水泥叢林中的隆隆戰鼓隔絕於天地之外。

休旅車在綠蔭覆蓋的泥徑上跳躍前進，山路漸行漸窄，幾經轉折，四隻毛色發亮，黃的、黑的、花的的狗兒，又跳又叫，從山壁奔竄而下。陳太太熟練地彎過一個長長的上坡，車子駛入綠蔭密布的庭院，我的山居生活就此開始了。

陳先生曾是血癌末期病患，西醫已不抱希望，他卻相信大自然的療癒力量，嚮往山林生活，「死也要死在山上」。賣掉所有，遷居南庄，終於重拾健康。夫妻兩人一切從頭學起，種植蔬果，建造生態溝、卵石坡坎，把滿地煤渣、寸草不生的谷地打造成鳥語花香的生機農園。陳太太原本是時髦的都會上班族，留著蓬鬆的法拉頭，自此不僅剪掉長髮，脫下高跟鞋，揹起除草機，打理內外，也因先生生病而練就了開車的本事，成為家中的駕駛。

我的身體一向不錯，作息正常，飲食節制，朋友們戲稱為健康寶寶，每年健康檢查都輕鬆過關。這年做完例行健檢，照舊束諸腦後，不疑有他。不料我的胸部 X 光片發動了小小的叛變，出現了一個可疑的陰影，只好再做電腦斷層掃描，醫師從黑影那張牙舞爪的鋸齒形狀和成長的速度（與去年的檢查相比）判斷是惡性腫瘤。我接到電話，雖略感沮喪，卻也懵懂，照樣繼續熬夜開會，繼續處理公務，繼續哈啦。多年公務生涯的訓練，讓人永遠上緊發條，不輕易放鬆。

即使有工作為屏障，腫瘤的陰影卻揮之不去，至少有一個月的時間，一片輕薄的電腦ＣＤ主導了我的生活。醫生未見過我，根據ＣＤ判定病情，立即安排住院，預備一系列侵入性檢查。我不願太快將命運交給一個電腦影像，決定換一家醫院，聽聽其他意見，也期望醫病之間更密切的互動。身體是我自己的，豈能早早放棄自主權，聽命於人！

第二家醫院採取個案管理和團隊決策模式，符合我的管理理念。醫師鼓勵我和陪同的友人發問，他耐心講解，態度輕鬆，減輕了不安的氣氛。他沒有用腫瘤這個名詞，而稱之為結節，也少了威脅感；他說，結節很小，即使是惡性，也屬初期，可以用內視鏡處理，不必開刀。也因為小，所以暫時不必做支氣管鏡檢查，但仍需做穿刺，門診即可。取出組織後，若化驗是惡性，再進一步做正子掃描，檢查有無轉移他處。我接受了他的建議，掛好了下次門診。但心底卻有個聲音輕輕說，在命運的判決來到之前，應該先給自己放個小假，去過兩天渴望已久的山林生活。即使被送進屠宰場，也要再看一眼藍天！

未料，上山之後，醫師會議根據那片ＣＤ綜合判斷，決定延後穿刺時間，我得以在山上多待了一陣子，生命因而峰迴路轉。

今天在台灣，肺癌已躍居女性癌症頭號殺手。肺結節不論是否惡性，都可能毫無症狀，卻因肺部血流充沛，轉移快速，等到出現不適，往往已是肺癌末期了。女性患者人數比男性增加快，而且年齡下降，原因不明。我的肉體未有病痛，卻因為科技發達變成了病人，排山倒海的資訊和關懷更提早把我推進患者的情境：要去哪家醫院？要不要安排輔助治療？如何安頓以後的生活？女人長期背負著照顧家人的重責，無從盼望被照顧，一旦生病，每一天的生活現實成了比治病更迫在眉睫的問題。其次是父母年事已高，不想讓他們憂心，但也不希望他們毫無心理準備。種種即將來臨的轉變和有待安排的生活細節使得生病這件事變得越來越真實，心情逐漸沉重。人生不斷面臨抉擇和承擔後果，至今到了生死關頭，卻仍不免要問，怎樣才能做正確的決定，又從何知道所作的決定終究是正確的？

不過，到了關鍵時刻，生命的優先次序自然顯現，許多過去以為重要的資訊和價值倏地失去了優位。白天我閱讀討論生命和健康的書，幫主人做家事、拔草，追著陽光練功和走山路，唯恐太陽晒得不夠，收音機裡販賣美白的廣告聽起來顯得分外荒謬。和陳太太一起在廚房煮食，她一聲令下我便拿起盆子到園中去摘取肥美健碩的有機菜葉；就著庭院的水槽清洗，任水排放到花叢，溼潤土壤。冬天山中日照短，下午四點左右天色開始暗下來，三點就要收回晾晒的衣物，到了晚上八、九點，除了一、兩聲蟲鳴，天地漆黑靜寂，人與動物都早早安眠了。

山中歲月讓我感受到放下一切的輕鬆。風在吹拂，鳥在鳴叫，花草各展芳華，所有的生命都如此奮力活著，我的生命力也跟著綻放，生病這件事變得遙遠、無足輕重了。

然而，我的滯留不歸卻急壞了山下的親友，沒有人認同我的決定，科技掛帥的今日，生病就該看醫生，相信專業判斷，及早治療，癌症尤其不該拖延。先生從新竹開車過來，苦口婆心勸我回台北，方便就醫。我拉著他走上心愛的屋頂陽台，想與他分享對面象山頂上綿延的原始林，和林中山羌與飛鼠的祕密騷動，他卻頭也不願抬，看也不願看。大概在心底更加確定他妻子行徑荒誕，本末倒置，到此時刻，居然看樹林不看醫生！兩人各自擁抱自己的信念，卻無法說服對方，都流下了眼淚，他獨自下山而去。

我留在陽台，望著近在咫尺的原始林，開始懺悔過去，同時也就記憶所及，在心中將今世的一切恩怨放下。浩瀚宇宙，個人渺小如沙，但人體的精妙何嘗不是宇宙的縮影。佛就是我，我就是佛，那麼所謂冤親債主是否也不在天上地下，而是自己那執著的心念呢？從身體觀之，當我們不知善待身體，細胞因缺氧而扭曲變形，從支持生命的「好細胞」變成奪命的「壞細胞」，不就成了冤親債主嗎？我彷彿聽到體內的細胞因長久被忽略而哭泣。對著太陽和樹林採氣時，我觀想細胞，讓陽光和能量源源注入，細胞個個圓潤活潑，生機勃發。上天創造精微奧妙的人體，必然也賦予它自我修復的能力。山林間那些自開自滅的野花，兀自蔓延的芒草，上下奔躍的狗，不都活得淋漓自在？一天我看見小黃狗正在嘔吐，滿地綠色汁液，想牠一定病得不輕，急著去找陳太太，她卻輕鬆地說，牠大概是吃壞了肚子，自己去找了草藥吃，吐完就沒事了。看牠舒展前肢、大大伸個懶腰的從容模樣，我不禁笑了出來，是啊，何必杞人憂天！也終於學會了完全放下，置生死於度外，讓生命隨著花開花落，潮起潮滅，自己找尋出路吧。

都市的夜晚往往比白日還躁動，閃爍的燈光、推陳出新的聲色活動和不停的手機鈴聲，讓靈魂靜不下來。我剛到山上不久，一天傍晚獨自坐在小木屋，等到關了門想要回到主屋時，發現夜早已在不知不覺中降臨了，山和樹失去了身影，聒噪的竹雞、愛吹口哨的畫眉、總是唱著進行曲的紅嘴黑鵯、嬌聲細語的綠繡眼也都沉默不語。主人夫婦外出未歸，庭園內外沒有一點燈火、一息聲響。雖然屋子近在咫尺，在無光無聲的夜裡，失去了座標，卻一步也踏不出去。我在台階上坐下，伸出手來，湊近眼睛，卻看不見手的存在，再往下看，身體也消失不見了。一切都靜止下來，失去重力和速度，只有黑夜無邊無際地默默延伸。我被黑暗環抱著，靈魂在虛空中飄移，彷彿已沒有了自我，又彷佛已與萬物合一，感到前所未有的空無寧靜，喜樂自在油然升起，直到主人夜歸的車燈再度勾勒出現實的幻影。

獨自面對青山，我清楚意識到，生命的品質與長短若必須二者擇一，我寧選前者；心情上自始即抗拒侵入性治療。歸根究柢，不論開刀與否，我都需要從本質上強化自己的免疫系統。然而面對親情敦促，卻也不忍放棄合乎常識的努力，於是我又捧著那張ＣＤ到了第三家醫院。這是一家著名的教學醫院，醫師極富聲望，仔細端詳片子後，他認為惡性的成分居多，判斷是肺腺癌，而且可能已經擴散了，於是立刻安排住院穿刺。但大醫院一床難求，仍然等候了一個多星期。

最後終於到了進行穿刺的時候，先生和同事陪著我，護工推著活動病床，一起乘電梯下樓。因為結節靠近血管，穿刺後可能會有氣胸和咳血，必須靜躺六小時，那張床就是院方為我預備的。穿刺之前需要再做電腦斷層掃描確定結節位置，之後才局部麻醉。我側躺在掃描器的大圓筒內，將自己完全交給醫生，順從地吸氣閉氣，什麼也不想。幾個回合之後，醫生的聲音傳過來：「顧女士，你的那個地方跟上次相比，明顯變小了，顏色也變淡了。我們再換個機器做做看。」我不敢相信自己的耳朵，也不敢太高興，換到另一個房間，改為平躺，再照一次，情況同樣令人喜出望外。於是放射科醫師決定暫時不需做穿刺，在眾人驚訝目光中，我走回病房。後來聽說，護工逛了一圈，回到檢查室，準備推我回房時，發現床是空的，病人不見了，大為驚慌，以為自己竟然弄丟了病人。

可是我仍不能出院，主治醫師不放心，第二天還要做支氣管鏡檢查或正子掃描。正子掃描很貴，需自費，而且會出現偽陰性或偽陽性的問題，醫師說，只要是陽性，因為無法判斷真偽，就得開刀。支氣管鏡則是經由鼻腔伸入支氣管病灶，鉤取組織，進行化驗。二者的正確率都不是百分之百，無論做何種選擇，都有可能錯誤的風險，因此對我而言都如同一場有科學根據的賭博。我從來都不是賭徒，這次好運到了極點，得到了所能祈求的最好結果，還要再賭下去嗎？於是向醫生請求，可不可以兩者都不做，給我一個月的時間，再來追蹤檢查。他沉思了一會，同意了。

我迫不及待地辦好出院手續，在密不透氣的醫院住下去，聞著刺鼻的消毒藥水，看著爬來爬去的蟑螂，聽到廣播說，後天病房要進行粉刷，我感到自己真的要生病了。住院醫師叮囑我千萬別忘了定期回來檢查，然後交給我一小包安眠藥，因為他記得，每天晚上十一點，我都會到護理站，可憐兮兮地說：「我睡不著，可以給我一顆安眠藥嗎？」

打包離開的時候，鄰床的老太太正要被送去開刀，她一路哀求不要去，卻沒有人真正和她對話，在她開口前，似乎所有的決定都早已替她做好了。

一個月後，我回醫院照了 X 光，醫生坐在椅子上審視電腦螢幕，接著站了起來，傾身向前，左看右看，最後告訴我陰影不見了。幾個月後，又照了一次 X 光和電腦斷層，與前幾個月相比，肺部明顯乾淨了許多，結節也消失得無影無蹤。那麼，倒底那猙獰的影像曾經是什麼？他說：發炎。可是，若是慢性發炎，為什麼這麼快就好？若是急性，為什麼沒有症狀？若最初的電腦斷層掃描延後幾週，是否這一切曲折就不會發生了？儘管種種問題盤旋腦中，答案卻已無關緊要了。

生活的斷裂處或許正是生命的起始點。

祈禱

我是一單純、入世之人，專注於眼前、當下的工作和生活，以自以為理性的方式解決問題。從小到大接觸宗教的機緣不少，曾經到教堂領取閃著金粉的聖誕卡片，也翻閱長輩寄放家中的佛教雜誌，卻始終無法長久深入被宗教吸引，對鬼神始終敬而遠之。遇到有信仰的人，尊重他們的信仰，卻抗拒被傳教。後來，因為工作而參與一些宗教儀式，例如年節祭拜，隨著眾人行禮如儀，卻沒有虔誠、認真地禱告過，也很少去思考現象界以外的事務。

曾經收到旅居美國的弟弟一封電子郵件，他也沒有宗教信仰，卻談到上帝給他的一件禮物，去年夏天，他讀了一本有關佛教靜思的書，深受感動，省思自己的生命太過表象，虛偽而不真實。六月中，在坐飛機往加州的途中，他向上帝禱告，請上帝給他一個啟示，讓他生一場不大不小的病，讓他受到一點打擊而清醒、而哭泣。

大約五個月以後，他又坐飛機旅行了半個美國，在回家途中，又累又乏，開始發燒，到家兩天之後，進了醫院急診室。醫師診斷是幾個月前開始得了肺炎，肺炎雖未必是致命的疾病，卻也不是小病，他描述住院時失去自由、受人擺布的痛苦和初癒時的喘氣與寸步難行。於是他記起來，加州之旅後，他咳嗽了兩個禮拜，還服了幾種咳嗽藥，想來肺炎就是從那時候開始的。

那天晚上，獨自站在病房的窗前向外瞭望，他深深體會到前所未有的孤獨，突然想到這不正是自己所祈求的嗎？上帝真的給了他一項感恩節的禮物：一場不大不小的病痛，使他嘗到懷疑與痛苦，必須尋找和面對真實的自我。

結尾他說，雖然生活仍沒有太大改變，但至少心中開了一扇小窗，生命綻露出一線縫隙，讓他偶爾可以遇見真正的自己。

讀完信後，我回到日常生活，那時正值年底，台北市議會挑燈夜審市政總預算，我卻被醫師通知肺部有陰影，可能是惡性。隨後紛至沓來的各種資訊和建議置我於病人的處境，面對生死攸關的抉擇。我和先生討論，怎樣才能做最正確的決定，又從何知道所做的決定是正確的？沒有宗教信仰的他居然說：「沒有人知道，只有上帝知道。」只是事後他不記得自己說過這麼有哲理的話了。

想起了弟弟的故事，人的所知實在太有限了，於是在輾轉反側的夜裡，我也試著跪下來向上天祈禱，我期望生命有所轉變，可是一點也不想生病，因此請讓我相信上天的力量；另一件是請指示我努力的方向。我相信我的祈禱被聽見了，上天透過祂的使者讓我學習各種預設的功課。我仍然沒有加入宗教組織，但學著卸下我執，敞開心胸、用自己的方式祈禱，接收訊息、享受善意、釋出善意，隨時盡一己之力，不強求結果，接受安排。生病的疑雲終於輕輕掠過，服務的機會越來越多。

那年冬天，聽說我的健康亮起紅燈，許多不同宗教信仰的朋友用他們自己的方式為我祈禱、陪伴我。在一些特殊機緣中，我也試著以虔敬的心融入他們的儀式，隨緣隨眾，忘掉自己，放下操心煩憂。在朋友們護持下，原本以為生死邊緣的掙扎，非但沒帶給我病與死的孤寂，反倒熱熱鬧鬧、奇遇不斷。

生命像涓涓細流，從山澗、河谷緩慢地、奔騰地各自以不同的速度和姿態流下來，滙聚成江河，再前行到大海，就是不斷向前、一路融合的旅程吧。

舞緣

——神祕的召喚

跳舞的渴望在我的血液中流動，從有記憶開始，便難以抗拒音樂的勾引，找到機會就躲起來手舞足蹈一番。躲起來是因為即使是小孩也知道，我們的文化不容許人隨時隨地跳舞，好像那是瘋人才有的專利。

小學一年級的時候，終於有了一次公開跳舞的機會。學校有一個同樂會，老師要在我們班上挑選一個女生在一個節目中扮演雪花，條件是手部動作要很柔軟，彷彿雪花片片飄落。

我太想要得到這個角色了，整個星期都在想著從未謀面的白色雪花，在沒有人的地方偷偷練習。

終於到了甄選的時刻，小朋友們在戶外小板凳上圍坐一圈，所有想跳舞的女生都可以出來繞場一周，展示自己的動作。我努力表演，聽到同學們讚嘆：好軟啊！

然而我並沒有被選中，事後才知道，因為我的老師正是我媽，老師不願被人認為偏心自己女兒，所以選了別的同學，雖然她的動作一點也不柔軟。那是我第一次感覺到人生並不公平。

那天放學時我一個人低著頭走回家，走到小橋邊，一位好朋友的爸爸騎著腳踏車迎面過來，叫我的名字。我忍住淚水，向他擠出一個笑容。腦中卻想著一個剛學會、似懂非懂的成語：告訴自己這大概就是「眼淚往肚子裡流」吧。（現在想起來，男生不是更被徹底剝奪了跳舞的機會嗎？）

到了五年級的時候，學校十週年校慶，盛大慶祝，除了團體舞之外，還要訓練幾個獨舞。那時已經長大到了學會壓抑慾望、不再主動表達的年紀了。我媽雖不是我的導師，可是老師在選小朋友時還是徵詢了她的意見。我媽居然一口回絕，她認為我是書呆子，笨手笨腳，不如妹妹適合學舞。於是妹妹成了我家的舞蹈之星，我從此變成了書呆子。

從中學到大學，我不再跳舞，與身體疏離著，感覺自己沉重又笨拙。

出國留學以後，因為助教工作和大學部學生住在一起。剛開學沒多久，和新朋友凱西一起去逛校園。走到舞蹈館門口，看到那些女生穿著緊身衣，在練舞劈腿，羨慕極了。凱西慫恿我一起去報名，我卻認為萬萬不可，除了對身體全無自信，也覺得年紀太大，學舞已經遲了。我二十二歲，而那些女生才十八、九歲！

磨蹭了一個學期，終於抵不住內心的召喚和周遭朋友的鼓勵，不再想年齡的事，和凱西一起報了名，開始學現代舞。穿著緊身衣、赤著腳、不斷延伸、彎曲自己的身體，或跳躍翻滾，感受無限伸展的快感。老師 Mrs. Hype 將金髮盤在頭頂上、穿著緊身衣的樣子美極了。她結合了瑜伽和現代舞的技巧，帶領我們追求身體的極限和自然的律動揮灑，也打破傳統芭蕾的僵固。連續三個學期，經過初級班、進階班，進入創作班之後，著重在即興的演練。凱西和我平日交往不多，但偶爾會在晚上做完功課後，相約去舞蹈教室跳舞，放自己喜歡的音樂，到儲藏室找些道具和舞衣，便各自舞動起來，忘了時間。由於愛上現代舞的自由無拘，自此我對於固定的舞步和舞序失去興趣，久久不能接受國際標準舞，覺得太過做作，當然也不喜歡整齊劃一的芭蕾。

第一年暑假，和同學一起去加大柏克萊校區，校園風氣十分自由，人來人往，熙熙攘攘。中午時候，有人在空地演奏樂器，群人圍觀，一位女生聽著音樂便隨之起舞。雖然我自己也愛跳舞，卻從小受了端莊文化的制約，對大庭廣眾之下這樣的身體表現十分不以為然。

回國後，忙於工作，跳舞變成了往事，好像當下總有更重要、更迫切的事要做。直到有一年，臨時被徵召去參加在首爾舉辦的亞洲婦女大會。當時國內婦女團體內鬥激烈，新成立的一些團體，想要爭取國際代表權，將國外會場看成是島內政治鬥爭的延伸舞台，也是兩岸政治內銷的轉運站，行前便爭得不可開交。我因為地處邊緣（新竹），離政治漩渦較遠，對政治又不敏感，被認為較安全，所以代表婦女新知前往。結果還是在每天晚上關起門來的批鬥大會中被波及。甚至因為台灣代表標語布條等裝備齊全、鬥志高昂，整個會議都在緊張的氣氛下進行，連主辦人都揚言，以後再也不辦這種會議了。

會議結束前晚，例行有一場晚宴，在旅館的宴會廳舉行。四、五百人圍著一張張大圓桌坐著，台上一字排開韓國知名的鼓樂團。咚咚的鼓聲敲得扣人心弦，充滿了生命力的躍動，可是每桌的賓客卻都正襟危坐、面容肅穆，好像還籠罩在白天肅殺的政治氣氛中。我捺不住鼓聲，從坐位上站了起來，開始隨著音樂跳舞。很自然地，我的同桌也陸續站了起來，跟著一起跳。一桌接著一桌，好像事先有默契般，每個人都站了起來，不只在原位跳，還離開座位，繞著大廳跳，跳上舞台，又跳下舞台，似乎整個會場：演奏者、各國代表，甚至牆壁、桌椅都騷然悸動，享受當下全然共振的快感，放縱身心在那一刻跟一切存在共舞。在渾然忘我的喜悅中，跳舞的已不是單獨的個體，而是沒有界線、不分彼此的人我、天地。

第二天早餐時，每個人臉上都掛著神祕的微笑和我打招呼，好像還沉醉在昨夜的幸福中。

之後，又過了幾年，我到社會局工作，舞蹈再找上了我。不論是與老人、身心障礙者，舞蹈都成了最好的溝通工具。照顧失能老人的傳神協會善用音樂舞蹈治療，讓許多原本毫無生趣的老人恢復了活力，不但照顧自己，也學會照顧和服務他人。我每次與他們相聚，最後必以跳舞結束，成了好朋友。收容智障者的陽明教養院也有一群愛跳舞的人，他們比較沒有受到世俗文化的約束，在任何情況下都可聞樂起舞，十分盡興，和我一拍即合。一次日本北海道的街舞冠軍團來訪，表演進行中，我們的院生一個個自動自發跳上舞台共舞，台下的也紛紛站起來，台上台下跳成一片，大夥從台上跳到台下，又從台下跳到台上。最後，連西裝筆挺、拘謹有禮的團長也脫掉了西服，上台一起舞動。事後他腼覥地告訴我，國內國外帶了這麼多次團，從來沒有上台跳過，看來他也受到現場氣氛感染而渾然忘我了。最後一位團員興奮得當眾脫下自己身上的舞服送給我，真是high到最高點。

經過社會局洗禮，我不再排斥任何舞種，什麼舞都跳。為了提倡肢障運動，有一次被安排跳輪椅舞，也就是和坐輪椅者共舞。事先花了十分鐘惡補當天事先安排的舞曲恰恰，一站上台，擴音器裡播出來的音樂居然是華爾滋，也只好隨著節拍起舞，意外跳了一段輪椅華爾滋。

離開社會局之後，我終於有一點時間，利用午休時間去學國際標準舞，練習嚴格控制的身體移動和複雜的舞步，喜歡上那經過訓練後的奔放自由，特別是端正而又性感的拉丁舞倫巴。退休以後，到加州看父母，去公園和明珠老師學習元極舞，緩慢平和的音樂，結合太極、氣功和舞蹈的動作，不同年齡的男男女女，一同吐納著天地之氣，翩翩起舞。碧草綠蔭襯著無垠藍天，偶爾白雲飄過，微風輕拂，此時此地跳舞充滿了自然的喜悅，彷彿神祕已化身為舞蹈，與人息息相通，不必思索，可以無止境地跳下去。

放下自我，回應天地，跳舞或其他都成了永恆的一環，何必憂慮。

我舞故我在

——與彩虹生命講堂的 Selina 和 Tad 老師談跳舞，以及生命（從《阿根廷探戈》談起）

此文中的「我」是單數，也是複數；是第一人稱，也是第三人稱。

「我」究竟是誰？我要如何認識自己？我的生命功課是什麼？

自呱呱墜地，我就無可逃遁地受到文化的、社會的種種制約，我早已不再是我，而變成社會習氣的累積。我自以為活著，自以為頭腦清明地做抉擇，但若缺乏自我觀照，我其實沒有一分一秒在做自己，或者明白自己在做什麼，一切作為或抉擇只是習氣的反應而已。在某些機緣之下，我於是有意識或無意識地暫時逃離，透過各種歷練和方法來認識或釋放自己。例如對《阿根廷探戈》的作者而言，認識自己最強烈的方法就是阿根廷探戈，尤其是擺脫在地的制約，到國外去跳舞，展現自己最真實、最柔軟、最有魅力的狀態。

作者覺知到，她受到阿根廷探戈音樂的勾引，被這份感覺所觸動，並不是被動的反應，而是一個內外共振的過程，若她內在不具有一份跳舞的渴望，就不會被跳舞的音樂所牽引。我可以藉由千百種方式來了解自己：種花、耕田、呼吸、算命、跳舞……，無論哪一種途徑，都是透過一個假借的觀點來回觀自己，經由折射的過程，增加自我覺知的深度與廣度。例如，種花讓我歷經了春夏秋冬的季節性變化，波段性的宇宙過程相應到自己的個性，而體會到自己的多重層面，延伸了當初對自己的單一認知。作者也在追尋阿根廷探戈的源起過程中去認識自己，並建構自己的詮釋系統。

然而，若缺乏往內觀省的能力，將焦點放在外在物件上，便也極易因為固著於某一種觀點或關係，而忽略了其他所有同時存在的發生和關係。例如，當我的交通工具是摩托車的時候，我只注意到摩托車修理店，一旦我成為開車族，我的焦點便轉移到汽車維修廠。理性只是生命的一個小區塊，當我帶著腦袋做事，而不是用生命在做事，我永遠都設定了一個焦點，而錯失了認識不同的我的機會，也因而流失了大部分生命的能量。若在被探戈勾住的過程中，我開始反思自己，發現自己被單一焦點勾住的嚴重性，於是便有機會同時看到不同的東西，拉開理性的認知，去認識自己的情緒體，認識生命中的其他區塊：不同的我，柔軟的我……，因而讓我更具有覺知能力，於每一秒都清醒地活著。

從學習自發功的經驗可以窺知人的無限潛能，一旦完全放鬆，融入當下，我隨時可以跳探戈，不必學習。是原有的制約和對探戈的想像阻礙了我與內在能量的聯結，而失去了行動的能力。探戈的原初本是一群人的隨興起舞，舞步和舞序不過是前人經驗的累積和後人制定的典範系統。然而詮釋方法越多，人就越偏離生命，花太多時間在講、在想。當音樂響起，我卻在想：要不要跳？對不對？丟不丟臉？音樂結束了，還沒有跳舞，時間也就過去了。理性詮釋往往將我們帶離了行動，其實思維只是帶我們去分辨生命過程的某一部分能量而已。人因行動而存在，然而現代人都在思維，被自己的思維框住，失去了行動力，也使得生命變得僵硬無趣。

生命與理性有時是互相衝突的，理性要的是結果，生命要的卻是過程，因為所有生命的結果都是相同的：死亡而已。因此我需要學習放掉理性，鍛鍊與內在力量的聯結，瞬間想到就去行動，就像練自發功一樣，一旦做了就能夠分辨。身體自會分辨什麼是探戈。放任身體去跳舞，讓理性一旁觀看和享受這當下。在放任自己的過程中，我逐漸學習信任自己，達到思考與行動的平衡。

由於害怕社會的失序或失控，所有的文化都在進行對個人的制約，對言行的規範。然而，生命有限，真正的智慧為了追求更大的目的——認識自己，與大我合一——必然珍惜生命力，而不得不節省慾望，自然而然走向規範，所以無所謂壓抑，無所謂忍耐。

人若想要認識自己，終究會問：我要如何在有限的生命中去探索自己無限的成長。生命苦短，為了追求生命最大的美好，留下珍貴的痕跡，我必然會自我珍惜，做我最想做的事，所以真正的智慧不在於如何追求，而在於如何節省生命力，因此不可能落入自我放縱的泥淖。

在雙人探戈中，我面對的不只是自己的規範和制約，還加上對方的。兩人在進退迎拒間漸漸體會到強弱的細膩互動，於是可退讓的部分增加，界線不再那麼清晰，身體的彈性出來了，達到更為和諧與忘我的境地。這種全然的放鬆不是靠大腦想的，而是身體的自然反應。共舞的雙方都需要放下理性和思考，信任身體的記憶功能比大腦好，信任自己，也信任對方，自然地被帶領，而感到全然安全和愉悅。越好的技巧，需要學會越大的放鬆。當雙方柔軟的狀況達到共同的和諧，理性與感性的能量臻於平衡時，大腦並未缺席，只是它不再是操控者，而是與一切的瞬間共同並存：音樂、你我的波動、牆壁桌椅的波頻……，享受當下全然共振的感受，所以在那一刻，腦袋是在跟一切存在共舞。非僅如此，在這全然的和諧以及快感的極致中，跳舞的已經不是個體的你我，而是整體的大我。

從生命未來學的觀點，西元零～一九九九年是人類歷經整體理性開發的過程，個人生命的成功在於能夠證明自己是強者。在權力導向的陽剛體系中，女性不是變成男性框架中，被男性文化定義和制約的一環，就是變得更像男性，才能獲得出路，所以女性汲汲於尋求男性認同。然而無論是強者或成功者，都不過是在一個理性的有限體系之下，表現出最大的生命力。二〇〇〇年之後，人類歷經了前所未有的世代轉移，開始渴望認識自己的陰柔面、柔軟面。生命力變得柔軟的時候，可以呈現任何狀況，當我覺知自己的力量和潛力時，何需向任何人說明或證明？不需要證明仍能存在，才是真正存在。有幸生活於二〇〇〇年後，今天的我不需要像《最後的十四堂課》中那位瀕死的社會學家，當他完全失去了生活自理能力，回復到嬰兒期的柔弱依賴，不能再證明什麼，才終於學會真正享受生命，專注而投入地看花、欣賞風景。我幸而及早有所醒悟和選擇：成為理性有限體系中的佼佼者，抑或無限體系中的初學者？或者我已經不再需要時時記掛著我的腦袋？

請接受我的邀請，放下腦袋，把自己交給音樂，盡情舞動你的身體吧！

乘著歌聲的翅膀

我曾經是一個愛唱歌的小孩。我相信愛唱歌和愛跳舞一樣，是人的天性，因為唱歌是最好的自娛，每一個人都曾經愛唱歌，直到外在的因素讓他發現自己其實不會唱，或者唱不好，而放棄了這個愛好。我在社會局工作期間，似乎為這個理論找到了佐證。

我的工作讓我經常接觸到邊緣弱勢的人，其中包括從小就身心發育不全的智障者，我認識他們的時候有些人雖已經四、五十歲了，仍然住在原為兒童設計的教養院內，行為舉止看來近似孩童。他們雖然不幸天生殘缺，甚至身體經常病痛，卻也得天獨厚地以自己的方式享受人生，而不像常人般受到外力干擾，無所適從。他們很愛跳舞——這個我也認為是大多數常人被剝奪的本能，可以隨時隨地聞樂起舞，無拘無束。他們也很愛唱歌，雖然歌聲完全不成調，也談不上咬字，但一有機會，他們不但會主動去搶麥克風，在大庭廣眾前高歌，甚至拒絕好心人的提詞和幫腔，一副自我陶醉的樣子，儼然歌王歌后，自信十足。他們讓人體會到音樂的純粹、美好，而受到感動。

然而在我的成長過程中，唱歌卻早早從最愛變成了最大的負擔。在沒有進學校以前，也就是沒有社會化以前，我愛跳舞，也愛唱歌，常喜歡找個沒人的地方，躲起來載歌載舞，自我陶醉一番。進小學以後，有一年兒童節地方電台宣布要舉辦小朋友歌唱比賽，全校為之瘋狂，我也高興極了，決心要參加，一路哼著歌回家。一時尚不敢向家人宣布這個決定，只是當媽媽在晚餐桌上講起這個比賽時，我終於隱忍不住，開口唱出了我的拿手歌，想得到鼓勵，然後宣布我偉大的參賽計畫。沒想到我那很會唱歌的媽媽毫無讚賞之意，竟然說我五音不全，當下打消了我的歌唱比賽大夢。雖然不能參加比賽爭取得獎，我平日還是喜歡哼哼唱唱，媽媽唱歌時就跟在後面唱，只是媽的標準很高，每次我一開口，媽就不唱了，我的歌唱信心也就一點一滴流失。

在家裡不唱了，到學校還有機會，我天真地以為，換個地方，歌聲就會不一樣，所以當音樂老師叫到我名字時，我高興地站起來高歌一曲，沒想到老師的反應和我媽差不多，簡直難以終曲。從此我接受了自己不會唱歌的命運，不再出聲了。

但是音樂課還是得上啊，卻也因此成了我最痛苦的功課，我把頭埋得低低的，不想被老師看到，最好老師認不得我，永遠不要叫到我。念完了小學，念初中，一年又一年，為什麼都有音樂課！

初中畢業時，許多同學打算離開小鎮，到都市去念高中，甚至遠征台北。我的學科成績不錯，似乎也應趕上這最早期的留學潮，但我卻決定留下，關鍵因素之一竟是，我不想到新的學校，結交新的同學，和他們一起上音樂課，天啊，如果他們聽到我的歌聲，我找得到地洞嗎？

終於高中畢業，順利進入大學了，最大的解放是從此沒有音樂課，沒有人可以強迫我公開唱歌，於是我為自己訂下了「打死不唱」的最高原則，雖然在很多場合，眾人興致高昂，拒絕唱歌是一件頗煞風景的事。

但是在天性裡，我還是愛唱歌的。執行最高原則十多年後，我在大學教書，聽說新竹有一位音樂老師很會教唱，於是我動了想學唱歌的念頭。

學校有一位客座教授的太太，住在同一宿舍區，她比我年長許多，我們卻一見如故。她常坐在我五十CC小摩後面，跟我四出探奇，無所不談。當時新竹還是一個頗具古早風味的小城，沒有摩天大樓，比現在有趣多了。我的朋友是美國一個小城的交響樂團經理，熱愛音樂，也頗懂音樂，我慎重地把想學唱歌的想法告訴她，沒想到她居然大潑冷水，從生理結構的觀點告訴我，人體發聲器官的構造是天生、不可改變的，有些人的器官天生就是拙劣的樂器，她自己曾經認真努力學習歌唱，完全失敗了，就是活生生的證明，自然她也屬於打死不唱一族。既然有如此專業的解釋，我只好又一次放棄歌唱的夢想。

幾十年來，我像鎖住一個不可告人的祕密般緊緊鎖住我的歌聲。唯一的例外是在社會局，一方面是因為工作的需要，另方面也是受到教養院朋友們的啟發，比較有自信，終於有一次硬著頭皮，拿起麥克風登台高歌一曲。因為現場很吵，也總算蒙混過去。

從公職退休後，好友慶容邀我參加了一次家庭聚會，慶容也是打死不唱族人，但在場許多位是歌唱好手，特別慶容的二姊，她的美聲唱法讓人驚豔。二姊是位退休老師，我相信她一定是一位循循善誘的教育家。因為當我走上去向她表達粉絲心情時，她握住我的手，誠懇地告訴我，發聲的方法是可以學習的，任何人都學得會。她從小喜歡唱歌，是女低音，退休之後，拜師學習，練就了高音，唱歌的訣竅在於吐氣運氣。

雖然二姊一再鼓勵，我卻始終沒有勇氣，也忙得沒時間去上課，直到有一天，慶容打電話約我去卡拉OK，她已經正式拜師了，要唱給我聽。二姊和她的朋友也在場，慶容那天唱了一首〈紅豆詞〉，中規中矩，遇到拉高音的部分一點也不含糊。不久前，她說想練這首歌，我簡直無法置信，在我的分類中，這種古老、高難度的歌，是聲樂家表演時唱的。

於是我的歌唱夢再被喚醒，慶容把她的老師介紹給我，游老師熱愛音樂，像傳教士一樣散播音樂，從早忙到晚，樂此不疲。她說，唱歌是一種身體運動，完全可以練習的，訣竅在於引起空氣的共振，即使輕輕地唱，也可傳到廳堂的後排。她教我用腹部呼吸，讓我摸著她的肋骨，體會如何像踩油門般擴張肋骨，讓空氣從鼻腔進來。低音時想像摸著胸前的長鬍子，讓聲音滑下去；高音時放鬆肩膀，打通喉嚨和氣管的通路，想著鼻子後方的位置和後腦勺，用想像力去尋找那山洞般的幽深處，一路往上，找到裡面的珍珠。看老師唱歌時那麼陶醉、聲音那麼圓潤豐盈，我相信，共振的部分一定不只聲帶和頭腔，是身體的所有部分，和宇宙洪荒。

在老師的調教下，我逐漸開始有了聲音，回家後面對鏡子大唱〈生日快樂〉和〈放學歌〉——少數我可以從頭唱到尾的歌，享受這隨身攜帶的樂器，相信假以時日，這樂器一定會越來越得心應手。

一個微雨的清晨，我走在台北市公園路上，匆匆忙忙趕去參加一場會議，對面一位男士騎著腳踏車，一手握車把，一手撐著黑色雨傘，高聲地唱著歌，往國家音樂廳的方向騎去。那低掛的烏雲、那嘈雜人車，似乎都退隱了，只留下那迴盪的歌聲。我立定一旁，顧不得身上的大包小包和手中雨傘，設法騰出雙手來鼓掌，感謝這一天美好的序幕。自此，我也養成了邊走邊唱的習慣，沒人的時候，大聲唱；人多時，小聲哼。雖行走紅塵，卻感覺自由自在飛翔藍天，歌唱給了我翅膀，擺脫了地心引力的牽絆。

爸爸的老友

很多年以來，我知道爸爸有一位好朋友王先生，每次爸爸回到台北，一定會去他家見上一面，或一起用個餐，敘敘舊。聽老媽說，王先生老家在新竹，是客家人，爸爸喜歡烏龍茶，有時喝著茶會說，這茶葉是王先生從老家帶來的。

上個禮拜天我接到了一個電話，找顧伯伯，爸爸聽了電話之後說，是王先生打來的，他請我們到附近的客家餐廳和他的家人共進晚餐，同時也讓媽媽和我見見他的兩個女兒。王先生夫婦到過我家，見過媽，但他的女兒沒來過。想起了剛才電話中的聲音，我有點兒納悶：「他不是還有一個兒子嗎？剛才打電話來的那個。」「那是王先生本人，」爸說。

二十年以來，我一直以為爸的朋友當然和他差不多年紀，沒想到竟然和我自己年歲相仿！

那天晚上食物很可口，大家也心情愉快，王先生的兩個漂亮女兒比爸爸的孫子孫女都小，卻很親切自然地稱呼他顧伯伯。他們顯然很熟，王先生說，爸爸曾經到他家教大女兒數學，打下很好的基礎，所以求學很順利，現在已經是一所知名大學的工學博士，就要成為教授了。小女兒說她沒有上過爸爸的數學課，功課不如姊姊，沒有攻讀博士，不過也有一份很好的工作。

在我面前她們有點不好意思再叫爸爸顧伯伯，是該叫顧爺爺呢？還是叫我大姊？最後決定保持原來的稱呼。我則開玩笑地叫王先生王伯伯。

回家的路上，爸爸說他在退休前曾經去參觀過一個外銷機械展，王先生從事進出口，當時設了一個攤位。爸爸看了他的產品說明書後，覺得有些問題，自告奮勇替他改寫。爸爸是學機械的，非常留意細節，對新產品、新觀念一向興趣盎然。王先生顯然也是十分古意的人，他們自此之後成了好友，一直保持來往。王家一家人都很看重爸爸，在他們面前，爸爸的輕鬆自在竟是我年輕時未曾發覺的。

離開公職後，我有較多時間和父母早晚相處，角色也有了相當的轉換，爸爸年過九十，身體健康、思路清晰，凡事有自己的判斷，對於我帶給他的新知，有取有捨，並不全盤接受。我去看父母的時候，喜歡早上陪爸爸繞著社區快步走路，邊走邊聊，聽他說說心事，也與他分享放鬆身體與心情的心得。我不在的時候，他會打電話來說，今天早上走路時有練習放鬆，感覺真好啊，很想念你。

望德園便當

認識秋涼姊是在新竹交通大學任教的一九九〇年代，關西望德園提供身心障礙者工作機會，從事有機農作，發展出精力湯和生機便當，賣到附近的機關、學校。開始時看到同事吃那青草般的午餐，覺得有點難以下嚥，有人打趣說，吃那樣的東西，即使活到一百歲，人生又有什麼意思？我自己則是越來越愛上那清淡原味的飲食和身體沒有負擔的輕鬆感覺。

後來為了環保，我們不要那用一次就丟的紙便當盒，改為寫上名字的自備便當盒，除了增加清洗的麻煩，送便當的也為了不送錯便當，下了很多工夫，但大家都有沒什麼抱怨，覺得若多做一點，便多一分環保，好像很值得。中午時候，好友們坐在休息室一塊用餐，說說笑笑，才聽說了在望德園推動生機飲食的秋涼姊。不久，秋涼姊來到交大演講，我認識了她，也認識了始終陪伴在她身邊、默默支持、言語不多的黃盛茂先生，也逐漸知道了他們的故事。

秋涼姊原本是護士和藥房老闆娘，出生在烏腳病的故鄉，有多位親人罹癌，她自己也曾得到多種癌症，切除掉好些器官。在被醫生判定為癌末時，她為了不拖累家人，決定獨自一人回到高雄柴山老宅，走向終將面對的人生終點。在柴山獨居的歲月，她一面放鬆心情、自我鍛鍊，一面思索健康之道，她看到牧場的牛長得這麼壯大，卻只吃牧草，相信牧草一定很營養，於是也開始試吃牧草。一段時間下來，身體越來越好，離癌症也越來越遠。她於是和黃先生放棄了藥局，南北奔波，推廣生機飲食，傳播健康訊息。在望德園之前，她已在高雄創辦了愛德園。

一九九八年底，我離開了交大，當時對於是否要接受馬市長邀請，到台北市政府任職，我猶豫了一陣子，其中一個重要的考慮是不想放棄新竹簡單而健康的生活方式，不想放棄我的望德園便當。到了台北之後，我負責公務人員訓練，於是試著將生機飲食介紹給市政府同仁，秋涼姊和黃先生自此從埔里遠征台北，為我們開週末班，介紹養生的理念和方法。

我和秋涼姊漸漸熟了，她和我一面聊天，一面寬衣解帶，疏通身上的導尿管，排除尿液，更換造口的紗布、膠帶，做得十分熟練。她說自己原是護士，熟悉這些程序，八、九年來，她帶著尿袋東奔西跑，到處演講，不願因為身體上的不便而慢下腳步。她一面導尿，一面繼續我們的討論，以瘦小殘破的身軀接納與順應一切遭遇，放射出眩目的光與熱。她看見我愣住了，若無其事地說：「我寧願累死，不願病死。」

離開公職之後，曾與交大同事一起受邀到秋涼姊埔里家中小住，享受蛙鳴水流的鄉居生活，秋涼姊將自己家中部分住房整理出來，提供需要靜養的病人休憩，進行生機療養。對於她來說，這一切決定都是如此自然。

秋涼姊的身影深深刻印在我心中，當我憑直覺做出一些旁人眼中匪夷所思的決定時，我相信其中有她的影子。好友至慧生病住院時，曾託我為她找一處養病的田園，我告訴她埔里的秋涼家，她十分嚮往，不料終於未能成行，便永遠離開了。但我相信，她的魂魄一定找到了秋涼的圓緣園，而且深深愛上那個所在。

「我愛台灣」

二〇〇八年，妹妹的朋友茱莉和邁可決定要到台灣單車旅行一個月，慶祝茱莉四十歲生日。他們在世界許多國家騎車旅行，留下美好回憶，但從未到過台灣，只是聽一位熱愛單車旅行的同好盛讚過台灣，便決定一試。在我路過舊金山時，他們也正好在那兒參加藝品展，妹妹安排我們見了面，我算是他們在台灣唯一的聯絡人了。

大家各忙各的，但我始終記得這件事。然而二〇〇八是多災多難的一年，強颱辛樂克和薔蜜肆虐亞洲，留下不少創傷，台灣也因接連的狂風豪雨損傷慘重。接下來金融海嘯襲捲全球，更是哀鴻遍野，大家垂頭喪氣度著日子。我有一陣子沒聽到他們的消息，心想是不是取消了，結果他們還是在十月中旬飛抵台北，帶著兩輛台灣出口的摺疊式單車和露營的配備。

第二天我為他們在台北接風，約好在捷運站見面。他們的上一站是印尼，相形之下，他們很享受台北的現代化和國際化，「到處都有英文標示。」那天晚上飄著細雨，邁可拿著一把透明的塑膠傘，他說，是一位路人送他的，他沒想到，問路的時候，那位路人不僅詳細告訴他方向，還給了他一把雨傘。

我告訴他們在台灣旅行可以放心，人們大都友善熱情，我們並且相約在他們環島到新竹時，再到我家相聚。

之後，我就再也沒有他們的消息了，有時難免有點擔心，兩個外國人，人生地不熟，語言不通，上山下海，騎著單車，會碰到什麼事啊？

十一月中，終於接到他們來自美國的信息，原來他們中間改變了路線。在從阿里山到日月潭的一大段下坡路上，他們正享受著美好的風光，沒想到邁可單車的前輪突然爆胎，他狠狠摔了下來，不僅磨破了皮膚，也傷了膝蓋和肋骨，大大受到驚嚇，不過幸而一對路過的年輕夫婦停下車來，載他們到四十公里以外的村落去看醫生。

茱莉說：「我們到現在都感到難以置信，我們旅行過世界各地，卻從未碰到過這麼樂於助人和友善的居民。這些可愛的陌生人讓我們一路都很開心。我們到過太魯閣、綠島、墾丁、阿里山、日月潭，還有這些地方中間的所有景點。其間有許多美麗的單車路線，在風景不夠好的地方我們就改搭火車或巴士。我們總找得到物美價廉的旅館，或者風景優美、設備齊全的露營區。在花蓮附近我們迷了路，碰到一個員工旅遊團，他們邀我們上遊覽車，一起吃喝玩樂了一天，把我們當成他們一份子。摔車雖然不幸，但也是騎車旅行的風險之一⋯⋯。我愛台灣，我們還要回來騎完未完的道路。」

我不禁想到，在這塊土地上生活和工作了一輩子，卻從來沒有花上這麼長的一段時間四處看看走走，享受台灣美麗的風土人情，似乎太虧待自己了。即使沒勇氣單車旅行，也該來趟環島之旅吧！

話這麼說，幾年匆匆過去了，邁可回去之後，因為治療腿傷，竟意外發現早已罹患了血癌，不久病逝，再也沒能回來完成心願，我的環島行則始終停留在未來的夢境。倒是週末常和先生到北部的山區走走，或到桃竹苗人跡罕至的山中尋找古徑，留下不少溫暖的回憶，在路途中經常收到山友分享的零食，也接受在地居民充滿情意的饋贈。

一次，在上坪老街不到一公尺寬、具現巴洛克拱門的閩式騎樓下，和一位先生攀談起來，他把我們帶回他山坡上的三合院古宅，從院子望出去，大門對面蒼翠的五指山毫無遮掩、恣意橫亙眼前，近在咫尺，感覺觸手可及。這位坐擁美景的先生在山下的城市裡顯然有一位有錢的岳父和一位能幹又強勢的太太，主導經濟大權。他自己按照岳父建議，用退休金買了這山上古宅，作為投資，每天按照上下班時間，坐公車來到這裡，享受一天的清靜，種花、種菜、散步，到那條唯一的街上閒逛。看我欣賞他的庭院，他堅持爬到坡上，砍了一段香椿枝葉，給我帶回家做香椿醬。和他話家常時，彷彿遇到了十九世紀初美國作家歐文筆下那位徜徉於新英格蘭山區的李伯，只是少了一隻跟前繞後的小狗。生性閒散的李伯帶著小狗躲到山上睡了一覺，躲避太太的嘮叨，沒想到醒來已是二十年之後，小酒館牆上掛的畫像已經從英王喬治變成了美國總統喬治華盛頓。

另一次則是下山之後，轉錯了方向，在大太陽下一路前行，越走越遠，找不到停車處。停下來問路，好心的婦人指了路，看我們滿頭大汗，立刻回家去拿了瓶裝綠茶請我們喝，那瓶水的好滋味我至今難忘。

最近走過關西福大煤礦步道，先生拿著網路上抄來的資料，去尋找他情有獨鍾的三角點。三角點是古早時代繪製地圖的三角測量基點，通常都會埋上一座基石，作為後代測量的基準，在地民眾稱之為「有字的石頭」，沒想到後代發明出衛星測量方法，不再依賴三角點了。卻有一群死忠的現代登山客，披荊斬棘，四處尋訪，並且一路留下紅色暗記或布條，像祕密社團般，分享彼此發現。這個互相之間可能並不認識的團體成員在網路上交換訊息，對他們而言，登山最重要的目的就是去找到三角點，用手摸一摸，留下一張可以上網炫耀的照片。甚至有人帶著油漆，將石頭上消蝕的字跡重新描繪得鮮紅明亮。三角點通常埋藏在荒煙蔓草中，對我沒有吸引力，於是我和一位在路旁菜園勞動的老太太聊了起來。老人家年近八十，硬朗健康、耳聰目明，她說自己不願坐在電視機前打發時間，雖然已經不再工作了，但喜歡到菜園澆水、施肥，收成的蔬菜、水果和親戚鄰里分享。年紀大了，兒子不許她像從前一樣，把收成拿到市場去賣。

我因為關心台灣的就業問題，發現我們的勞動參與率和世界主要國家相比，顯得特別低，尤其是女性，懷疑統計方法是不是出了問題。面對這位週末早上仍在辛勤勞動的女性，卻說自己沒有工作，忍不住提醒她，她當然有工作，她現在就在工作。但似乎我並沒有說服她，老太太也無意與我爭辯，畢竟勞參率這檔事距離她的世界太遙遠，我的堅持也太匪夷所思了。道別的時候，她微笑從籃子裡拿出一條剛收成的、青綠的大黃瓜，放到我手中。彷彿安慰我，這才是真實人生！

三角點終究沒有找到。時光推移，景物不再，不是每座山的三角點都被保留下來，供後人憑弔，但山間濃郁的人情味卻亙古芬芳，沐澤過客。

公車上

秋天的早晨，我揹著背包，提著袋子，走在東海大學美麗的樹蔭下，穿過中港路側門，搭乘公車到轉運站去轉乘統聯客運回新竹。已經過了上班的尖峰時段，乘客還是不少，多半是老人和小孩。我上車以後，站在司機後面。

快要到下一站了，一位老太太牽著孫子準備下車，剛好遇到紅燈，司機轉過頭來，頗有興致地問小孩多大了，老太太說：中班。我自然地接下去說，長得真高。司機拿出兩張閃閃發光的金紙送給小朋友，孩子起初不敢接，老太太說，謝謝司機伯伯，孩子才高興地接下，拿在手上。我站在他們中間，感染了愉快的心情，或許那本來就是快樂的早晨，剛剛在秋高氣爽、如詩似畫的校園漫步，和好友天南地北地夢想著，生活、工作和遊戲之間可以不必畫下界線嗎？工作為什麼不可以也是充滿了笑聲的遊戲？生活的場所可以也是工作場所嗎？生活和工作可以同時兼顧嗎？……

心情太好了，於是我開玩笑地問司機伯伯，我們也有金紙嗎？他說沒有了，我抱怨司機伯伯真太偏心了。這時小孩笑了，對面坐著的一位滿面碎紋，扁著嘴的老阿嬤也笑了，笑聲從後座傳來，消融了所有的界線，搖晃在中港路上的公車似乎已經變成了晒著柿乾、晾著衣服的家中庭院，家人圍坐著逗弄兒孫，笑聲連連。

一會兒，中港轉運站快到了，司機提醒我下車，我向他詢問，如何到統聯客運，他竟然開過了站牌，穿過了路口，停到統聯門口，並且說，過了尖峰時段，站崗的剛走，不然可是要罰錢的。於是我趕緊道謝，提著我的大包小包，和另一位乘客一起下了車，走進車站。

這會是快樂的一天。

內灣線小火車

我家位於新竹市的東區邊緣。二十多年前，住夠了一成不變的公家宿舍，想要一戶屬於自己的房子。有了自己的房子，就可以敲敲打打，改變隔間和裝潢，滿足對於家的想像和願望。那時候預售屋已經開始流行，房價也早已漲了幾番，到處都有一堆投機客，搶先買屋、付訂金，在房子還沒建好之前，就抬高價錢賣出去，賺取差額。真正想要買房自住的人，只看到花花綠綠的廣告，和銷售人員的口沫橫飛，就得加入搶購的行列，買一個夢想。

新竹市面積不大，人口也不多，始終維持在數十萬。東區靠近頭前溪，屬於邊陲地帶，開發較慢，我們住的宿舍不遠處就是大片田地。穿過田埂，走上狹窄的柏油路，已是人跡少至，十分荒涼，路的轉角處豎立著電線桿，就是曾經轟動一時的新竹雙警命案現場。再往下走，田地中有一處建地，是一個三十多戶的透天厝小社區。怪手正在挖土，鋼筋堆放在地上，預售屋卻已經悄悄漲價了。

稻田已經插秧了，綠油油地在眼前展開，更遠處則是綠樹藍天，我已怦然心動，再向天際線盡頭看去，一列從新竹開往內灣的小火車正緩緩從遙遠的左方駛入美景，再從右方好整以暇地離去。我的視線追隨著小火車，心也駛向內灣，想像著那穿越平交道的悠揚汽笛聲。銷售人員又在提高價格了，我對先生說：買吧！這樣的景緻太難抗拒了。

搬進新屋之後，並沒有天天眺望小火車的來去，隔間、圍牆和鐵窗切割了自然的美景，也把田野阻隔在遠方。下班回到家裡多半天色昏暗，忙著煮飯、準備功課。只有在週末，偶爾從廚房窗口，隔著鐵條，遠遠看到小火車驚鴻一瞥的身影，仍然心動。

日子越過越忙碌，幾乎忘了小火車的存在，等到再想起時，遠處已不知從何時豎起了新的房舍和圍籬，無際的天邊不復存在，小火車失去了自由進出的舞台。再過幾年，傳出新竹到竹東路段停駛的消息，後來又聽說新竹六家新線改建停擺的問題，那搖搖晃晃駛向山區的小火車似乎已走入了歷史。

幾年後，下了很大的決心整修房子，去掉室內隔間，後院磚牆改成玻璃，戶外的綠意得以穿牆而入，坐在餐桌前，可以聽見鳥叫，看到白鷺鷥展翅飛過。但周遭的環境卻無法抗拒新竹的改變，高樓逐漸取代了自然的天際線，一棟接一棟，日益逼近，稻田不見了，變成菜圃，接著菜圃越縮越小，雜草和竹林越長越高，原來後面的田地將被區段徵收，開發成為建地，地主已轉了幾手，乾脆廢耕，一方面領取休耕補償，一方面等待土地飛漲。眼看著新竹即將又失去一片綠地，多了一批暴發戶。

一天，從樓上的窗戶望出去，竟然又看到了火車，但不是遠在天邊，也沒有被建物遮住，原來新竹六家新線通車了，雙軌、電氣化的火車被架得高高的，正在進出千甲站，畫出了新的天際圖像。新火車載著旅客駛向新穎氣派的六家高鐵站，要去內灣的話，得在竹中換車。

小火車再也回不來了，綠地也將跟著消失，我要到哪裡去安頓我的家？

拎著水桶坐公車的女人

因為伊瑪，我對墨西哥的公車和車上的乘客情有獨鍾。

弟弟因為戀上墨西哥古城瓦哈卡而以建築師專業從事瓦哈卡文化旅遊，在當地設了辦事處，也一直與我們分享迷人的瓦哈卡故事。伊瑪是他公司的重要助手，也是單親媽媽，常是弟弟故事中的主角。在政治動盪、景氣低迷的墨西哥，為了一圓夢想，建造屬於自己的家園，她歷經艱難和等候，展現了無比的韌性。弟弟說：

「在這段等待期，她每個星期天望完彌撒後必定造訪她未來的家園。要是有朋友願意載她一程，她就搭便車，不然她就走大約一公里的路到公路旁，坐上往瓦亞旁帕的公車，下車後再走二十分鐘到目的地。公車上坐的都是瓦亞旁帕的村婦，剛剛在瓦哈卡採買了零星的日用品回家。伊瑪則是始終不渝地拎著一桶水，這桶水用來澆灌門口那株小樹，那株她期待有一天會長高、長大、花開滿枝的小樹。」

這年我終於有機會踏上墨西哥，可惜去的不是我的首選瓦哈卡，那個位居內陸的、最傳統的墨西哥城市，而是加勒比海東北角上擠滿了外國觀光客的渡假地坎昆

（Cancun）。

我把它想成瓦哈卡，到了第一天，就去坐公車了。

向墨西哥人問路，很難得到明確的答案，只是揮揮手，大略指個方向。他自己太熟悉這附近了，你怎麼會搞不清呢？

坎昆的天無止盡地藍，微風輕輕吹過，心情頓時輕鬆起來。從旅館大門口的斜坡道走下去，左右都是草地。不遠處有一段汽車的迴轉道，只是兩邊的馬路上都沒有站牌。好在觀光客多，隨著人群走，大約沒錯，只要住上兩、三天，就成了老鳥了。碰到一對美國夫婦，兩人笑呵呵的，塊頭都很大，坐著公車到一家家旅館去嘗試不同的餐廳，跟著他們上了公車。

原來公車沒有站牌，也沒有固定停靠點，如果轉彎的話，就停在迴轉道上載客；同一路車司機也可能不想迴轉，那麼就在馬路上停下來。好在司機面目和善，總會等客人穿越馬路或安全島，上車坐好，才會發動。

也不是一個站牌也沒有，有些路段較熱鬧，就會有個小棚子，讓人坐著等車。有時還有穿制服的工作人員在路邊吆喝客人上車。

觀光旅館集中在一條狹長的陸地上，一邊是海，一邊是鹹水湖和溼地，坐著公車搖搖晃晃進城，忙著左顧右看，看不盡綠水藍天。

白天，坐車的很多是旅館員工，一路上上下下。傍晚，海風徐徐，抱著吉他的樂手就會揀觀光客多的公車跳上來，邊彈邊唱，興致好時，客人也會跟著大聲唱和，像同學會般歡樂。當然，一曲終了，還是會收小費的。

公車二十四小時不停巡迴，上車、買票、找錢、告訴司機到哪一站下。然後就放心地欣賞藍天、白沙、對岸燈火，享受加勒比海的舒適假期。只是，我始終沒有看到期盼中的拎著水桶的女人。

黃土高原散客行

我和伙伴曾經在陝西旅遊，臨時在西安參加散客團，去華山和延安，一路順暢愉快。兩天一夜之後，才開始熟識，便人各天涯了，分手時特別離情依依。從台灣參加旅行團固然可以比較舒適，一切經過事先安排，有人帶隊，住高檔的旅館，卻缺少和在地人近距離的接觸，也少了和來自五湖四海的遊伴廝混的驚喜。

到太原參加會議之後，我們毫不猶豫地報名前往五台山、雲崗石窟和懸空寺的散客團，全程六百多公里。早上六點從太原出發時就出了點小狀況，我們不以為意，坐上大巴士直奔五台山。從西安出發時全車只一位導遊，到了太原，車上有了五、六位導遊，每人各帶幾個散客。其中一位男導遊像是眾導遊的代表兼發言人，快到五台山時，他拿起麥克風警告我們，因為時值暑假，很多家長帶孩子來拜五台山特別著名的文殊菩薩，祈求考試順利，以致住房緊張，所以要將就一點，不要挑剔。結果我們提著行李，走過狹窄彎曲的巷弄，被帶到低矮的民標（民宿標準房）。房內連衛生紙都沒有，門口就放著一個煤球爐，整屋都是煤煙味。

第二天一大早上了巴士後，導遊再宣布，原定由五台山前往大同（雲崗石窟所在地）的道路上有許多運煤車，每天都會嚴重堵車，所以他建議改走另一條較好的路線，經過應縣，還可順道參觀著名的千年木塔，世界上最大、最古老的木造建築。可是因為路線稍遠，所以每人需另給司機三十五元油錢，要我們合計合計。

散客們互不相識，所以也無從合計，一時之間沒有反應。過了一會兒，導遊又說話了，為了節省時間，中午最好大夥一塊坐下用餐，由他事先聯絡大同的餐館，所以每人再繳十五元，也就是一共五十元。幾經詢問，他才說，這五十元不包括木塔的門票，門票另外需要六十元，所以我們只是在停車場暫停，遠眺木塔和拍照，不能入內參觀。

散客雖是烏合之眾，卻不是沒見過世面，此時覺得事有蹊蹺，議論紛紛。既然明知運煤道路不適車行，為何設計此路線，再臨時變更，豈非有意訛詐？又沒有遇到不可抗拒的天然災害，為何改變路線？車上滿滿坐了四十八人，每人三十五元，加起來超過一千五百元，可以買超過二百五十公升汽油，跑幾百公里路，再說一碗刀削麵只要三元、五元……。總之，越想問題越多，越顯得可疑。導遊見情勢不妙，採用負面表決方式，要求不願去木塔者舉手，竟有一半的人舉起手來。無法說服大家出錢，只好負氣地宣布不改變路線。

於是一輛滿載遊客的遊覽車就駛上了運煤路，塞進了巨大黝黑的運煤車車陣，一路蝸行。眼看以此速度天黑了也到不了大同，有人提出折衷方案，司機和導遊卻是鐵了心，一概拒絕。車子停停開開，雙方像是在比賽誰的時間更經得起消耗。不過，一位鄰座乘客說，我們只是浪費時間而已，這樣不斷踩煞車，其實更浪費汽油。

終於，在時間和汽油的雙重損失下，導遊讓步了，願意接受一項折衷方案，就是改變行車路線，經過應縣，但不進城去看木塔，每人僅多出十五元。鄰座乘客原本溫文沉默，此時卻堅決反對，提出他的汽油價格論，他說最多只能出十元，大家的忍耐至此也接近極限，紛紛表示意見，火氣越來越大，最後終於以十元成交。

導遊開始一個一個座位收錢。一對老夫婦拒繳，他們同團的人為了減少紛爭，主動代繳了。兩位來自安徽的記者也不願付錢，還發表了一大篇議論，導遊只好算了。其他人都乖乖掏出了錢。司機於是掉轉車頭，結束了一個多小時的對抗，走上一條景緻絕佳、路況良好的旅遊道路。但也因此將午餐的覓食時間壓縮到只有十五分鐘，一停車，大夥紛紛奔向便利商店。

車上的氣氛變得詭異而冷淡，導遊自此不講解、不說明，彷彿不存在。旅客們也失去了對導遊的信任，發生了任何一件事情，都各自加以解讀，出現不同版本的臆測，在車上流傳，昨天的陌生人，到今天變得無話不談。前座的湖南先生用幽默的口吻高聲訴說，他自清晨四點半起床以來，如何飢寒交迫地渡過這一天，結論是不知今天是否有機會吃到晚餐。他代為宣洩了大家的情緒，贏得響亮的掌聲，後座四位來自江南的女士也齊聲附和，發揮了希臘古劇中合唱團的功能。

哈哈大笑中，一場激情對抗意外地產生了喜劇效果，與古蹟一樣，成為難忘的回憶。

古城芳鄰

飛機在微曦中降落伊斯坦堡機場，計程車駛過沉睡的街頭，我們清晨六時到達旅館。伊斯坦堡跨歐亞兩洲，主要的建築和活動都在歐洲，歐洲部分又分新舊區，旅館位於古城區，大大小小清真寺圓頂錯落，隨著寺廟的大小其旁伴著一至六個尖塔，襯著藍天，畫出了美麗的天際線。山城丘陵起伏，隨處可見大理石台階，雖有殘缺，仍顯示著古都的氣派。

旅館是一棟整修過的老建築，面對大街，電車和公車來回穿梭著，著名的觀光景點大市集就在斜對角，正對面則是建於奧圖曼帝國時代、已有五百多年歷史的伊斯坦堡大學。房間是二樓邊間，隔著小巷，面對鄰樓的側面。打開窗子望過去，臨街的側門有三級台階，最上層、門廊凹處，正弓著身子、睡著一個人。

清晨七點左右，他離開了，地上仍然鋪著紙箱做的床墊，角落堆著睡毯。看來側門沒有在使用，小小的門廊成了對面鄰居的家。我們在旅館住了五夜，學當地人搭電車、坐渡輪，慢慢品味老城，每天早晚進出都先看看對面的鄰居還在嗎？

他早上七、八點左右離開，下午六、七點或四、五點回來，週末更早。一旦回來，就守著小窩，靜靜站著或坐在台階上，再不離開了。我們的鄰居相當年輕，看來不到三十歲，頭髮梳得整整齊齊，總是穿著深色長袖襯衫和長褲、黑皮鞋，和我們在街上見到的店員沒有兩樣。他從來沒有訪客，也不與人交談，只看到他抽過一次菸、喝過一罐可樂、在附近買過一片西瓜。不知他何時上床，小巷頗髒，人行道常有垃圾堆積，窄路上也偶爾違規停車，人聲、車聲嘈雜，加上街燈、車燈，想來也不可能太早入睡。

因為時差，我們通常很早就睡了。一天傍晚，難得在附近逛了一圈，發現下班時分，街上湧現許多抱著紙箱的男女，他們把東西從箱裡拿出來，在人行道、小公園、空地上賣了起來，紙箱成了現成的攤子。賣的東西五花八門，幾串香蕉、一二十件T恤、十雙皮鞋、幾隻手錶、畫圓圈用的米達尺、兩三件皮衣、老太太白天坐在路邊用粗線編織的外套……。看來每個人都勤奮地想用各種方法增加一點收入，只是這樣的銷售量足以糊口嗎？

第二天一早，我們六點出門，在同樣地方再走一遭，夜市已經消失了，小公園長凳上躺著和衣而臥的男人。沒有早起運動的人潮，倒是衣著整齊的上班族匆匆忙忙擦身而過去趕公車和電車。走到旁邊的小巷，看到兩堆如山的紙箱，大小不一，每堆紙箱上睡著一個中年男人，像是紙箱的保鑣。

在一個美麗、繁華的城市，到了夜晚，我們竟有這麼多沒有床、沒有房間的鄰居！他們將如何渡過飄雪的寒冬？

就在同一城市，在藍天碧海的博斯普魯斯海峽，導遊指著對面半山上比比皆是的景觀別墅，向我們身旁的遊客說，一棟至少美金六、七千萬。曾經是貴族的宅邸，如今換了主人。

文明不斷演進，生產力不斷提升，然而貧富的懸殊何時才能縮短？到何時人人都得以安身立命、不再餐風露宿？

小鎮大會

托爾維克（Alexis de Tocqueville）是十九世紀法國極具影響力的政治思想家和歷史學家。十九世紀初期，年輕的托爾維克到年輕的美國訪察，寫了《民主在美國》一書，其中他津津樂道小鎮大會（town hall meeting），所有人都可參加，所有人都可問問題和發表意見，認為這是美國民主的特色。

過了兩個世紀，我到美國加州，妹妹知道我對民主制度有興趣，特別帶我去參加了一場當地的小鎮大會。托爾維克看到的是立國初期的新英格蘭，時隔兩百年，加州的矽谷，高科技的發源地，會有什麼樣的面貌呢？

這時歐巴馬當選總統不久，努力在推全民健康保險，這次主辦大會的民主黨的一位女性眾議員，便是以健保改革為主題。妹妹在小鎮住了近三十年，忙於工作、家庭和公益活動，從未參加過一次這種會議，也好奇有多少人會參加。

地點是在當地一所中學的大禮堂，傍晚時分我們提早開車前往，意外發現已經快找不到停車位了，會場門口更是大排長龍。整個校園像是嘉年華會，熱鬧滾滾。人們舉著各式標語、帶著小板凳（怕沒有座位）、穿著寫了字、畫了畫、表達立場的套頭衫，甚至帶上樂器，現場唱歌、演說、發傳單。有一群老女人，自稱祖母團，頭戴帽子、上面插著鮮花，齊聲合唱，主張單一付費制。在場激動演說的有不少是頭髮已白的老先生、老太太，他們年過六十五，早在雷根政府時代就已納入聯邦健保，這次健改對他們影響不大。但顯然他們更在意的是維護憲法精神和個人自主權，唯恐政府對人民生活的介入過深。

經過兩百年，小鎮大會增加了一些規則，例如，只能徒手進入會場，不可以帶標語等物，於是會場入口處堆滿了標語牌、小板凳等等，沒有座位的人只好站立在會場後面。一位老先生在眾議員演說當中大聲咆哮，立即被請出場外，他也毫不反抗，接受他自己意料中的對待。整場會議所有發言都集中在健保這單一議題上，沒有人節外生枝，或做人身攻擊。

北加州天氣涼爽，但會場內可能擠了太多人，相當悶熱，加上沸騰的情緒，眾議員的聲音常被湮沒和打斷，她和顏悅色像對待孩子般安撫眾人。或許因為網路時代表達和討論意見的管道已經很多，來開會的人大多都早有定見，堅定贊成或堅決反對歐巴馬的健改方案，來到這人潮聚集的場所只是為了增加己方的聲勢，而不是像兩百年前為了解決現實的公共問題吧。

目前台灣在法律和公共政策形成之前也有公聽會，但能參加公聽會和能在公聽會上發言的人卻十分有限，不偏離主題和堅守憲法原則的就更少了。有些公聽會有少數常客，他們早已認定自己就是公義化身，只想說、不願聽，也不顧發言順序，遇到不同的意見便肆意高聲嘲笑，相互呼應，或者拿出預先藏好的布條，高高舉起，對著攝影機揮舞，不聽制止。台灣雖多處效法美國，標榜民主，但表現在行動上的差異卻反映出理念的落差何其巨大！

赤道上

嘉林是我先生的建中好友，大學畢業後隨著留學潮到美國，留了下來，成家立業，在太空總署任職，是一位優秀的科學家。數十年來我只聞其名，未見其人，直到幾年前，才在他和妻子返鄉時見到面。第二次也是最後一次見面，我正等候做肺部穿刺檢查，他們來家裡探望，說了些鼓勵的話。

網路興起後，許多同班同學都組成了群組，在虛擬空間重新擦出火花，他們那班也不例外，陸續聽到先生提起散居世界各地同學的近況，功課最好的遁入了空門，風流倜儻的退休後四處傳教，更多人成了企業家、醫生。世事難料，我的肺癌疑雲在穿刺之前居然奇蹟式地消散了；先生的電腦網址卻因為管理單位異動，失去了不少聯絡人，將近兩年不再聽他談起高中同學。生命中失去了一些活動，又被另一些填滿，依舊忙碌不停地運轉下去。

一天，他回到家裡，不可置信地說，他又和同學聯絡上了，只是為什麼大家在提到嘉林時，都會加上一個「前」字？他花了點時間打聽，終於被迫接受好友已因肺癌過世的事實。這個沉默的、不顯症狀的癌症被發現時已到了末期，很快奪去了他的生命。

嘉林卻並未從此自我們心中消失，他的離去反而開啟了一扇門，讓我點點滴滴認識他。他不只熱愛科學，也喜讀歷史，刻意蒐集古籍，全是從前西方人研究中國的著作，他認為這樣可以從另一個角度來了解中國；還有一個特殊的嗜好，就是到世界各地去蒐集石頭……。不久前，先生轉來一份結構完整、頗具分量的小說創作《赤道上》，是嘉林去世後，他的親友花了兩年時間整理、編輯遺稿完成的，在出版前要大家給些意見。這部小說的靈感得自於另一位同學，他父親在二次大戰期間曾被日本殖民政府徵調到南洋去做軍醫。

這些理工出身的老男生們於是開始認真鑽研一種他們並不熟悉的文類，但此書除了故事以外，還富含歷史典故與人生哲學，大部分人似乎都半途而廢了，寬民卻好好發揮了他的分析能力：

故事是以陳醫生在二次大戰中服役的經歷為出發點，配合了中國古老的四個神獸的傳說，描述了一段在南洋小島上發生的戰爭、愛情故事。頗具創意和別開生面的聯想。

書中的四個主角是：陳醫生、日本軍官小島上尉、台灣原住民山田勤務兵、以及來自台灣的女服務生（慰安婦）美津子。他們就像是傳說中的四個神獸（青龍、白虎、玄武、朱雀），在人間互相追逐。這幾個主角，因為戰爭的關係，不期然地在南洋的小島上相遇。前途茫茫，只好聽天由命，互相幫助，以求生存。這種情形，令人想起了莊子所說的「泉涸，魚相與處於陸，相噓以溼，相濡以沫，不如相忘於江湖」。這本書的前幾章讀起來比較沉悶，正好表現了這種無可奈何的心情。

但是由於個性的衝突，受到壓迫的人終於起來反抗了。山田為求生而叛逃，醫生為維護部下（山田）不顧自身安危，幾乎喪生。而美津子為了保護醫生而反抗上級。這一部分說明了人之不同於魚獸，在於人的靈性和人的尊嚴，維護人的尊嚴有時甚至比生命更重要。我想嘉林在此把「為了人性尊嚴」這個主題表達得很清楚。

……

〈天堂島〉是最有意思的一章。表現出劫後餘生，柳暗花明的一個境界。嘉林在這裡創造了一個戰後的理想世界。雖然如曇花一現，也是令人嚮往。讀起來有點像讀陶淵明的〈桃花源記〉的感覺。不是說有人在戰爭完後還躲在南洋群島中的深山裡面，過著「不知有漢，何論魏晉」的隱居生活嗎？我覺得這是最富創意的部分。

在幾個主角中，對女主角美津子的描寫最為傳神。從她由逆來順受的弱者女人，被迫入火坑，到為了維護尊嚴而向上級抗議，而到開始覺醒，敢於主動表達自己的感情，充分表現了一個浴火鳳凰重生的成長過程。她在所有主角當中是最柔弱的，但是卻能得到男仕們的愛護和尊敬。發揮了柔弱勝剛強的道理。

我覺得對故事的結尾稍有疑問。美津子擁有護理知識，又不是真心想尋短見，怎麼會一下子不小心就誤食過量的蓖麻而結束她和腹中胎兒的生命？也許是嘉林想要達到戲劇性的效果。但是和全書所標榜的「上天有好生之德」的信念並不一致。雖然陳醫生以傳家之寶的玉珮送與女主角，卻為時已晚，只能夠求得自己的安心而已……。

嘉林很會說故事，美津子的遭遇扣人心弦。她生長於南台灣，曾受過護理訓練，日本軍隊在台灣召募護士時，繼母收了錢、簽了約，卻被送到南洋，成為慰安婦。她和陳乘坐同一艘軍艦南下，驚鴻一瞥，彼此留下印象。她到了小島，曾絕食抗議，不肯做慰安婦，一度被島上的最高長官小島上尉收留，而在暗夜的海邊與陳擦身而過。後來，陳醫生為了保護助理山田，受到上尉嚴懲，生命垂危，美津子被派來特別看護他，因為他是島上唯一的醫生，不可或缺。

當時已接近太平洋戰爭尾聲，日軍優勢盡失，美軍在麥克阿瑟率領下進行跳島戰術，步步進逼，戰情緊張；陳醫師個人也在生死存亡之間掙扎。這一對年輕男女日夜相伴，相濡以沫，終於力克死神，挽回了陳的生命，恢復了健康。當時熱帶流行病肆虐南洋各地，小島已被美軍孤立，醫藥補給中斷，而陳的助手山田已被迫逃亡，兩人乃以採集草藥之需，合力爭取美津子留下來成為醫師的助手，一起採藥治病。他們的戀情發展得順理成章，只是陳在台灣已有妻室，這一點嘉林在故事一開始即已交代。

嘉林的親友多半都是留學美國、事業有成的精英，他們憑藉自己的才智和努力，在人地生疏的外國闖天下，展現了堅強的拚搏力，對於這樣入情入理的婚外情都抱持同情的態度，而美津子從天真到成熟勇敢，最後以刀抵胸，堅拒被日本少校帶回樂園，重拾慰安舊業，更能贏得掌聲。只是他們對於最後美津子服食蓖麻身亡的結局都極難認同。除了以戲劇張力來解釋外，也有人為她設想出路，讓已懷有身孕的美津子和向她表達愛意的小島一起回到戰後的日本，不也是一合理之發展？總之，放棄青春年華的生命實在令人難以接受，習於理性思考的人不禁要問，「這樣的結局合乎邏輯嗎？」

然而，置於故事的時空之下，美津子無論多麼聰明、勤奮、勇敢，身為女人，她愛錯了人，便註定是一場悲劇，何況她又在沒有婚約的保障下懷了他的孩子。更不幸的是，她的身世如同一場接一場騙局。以為遠赴海外做護士，卻是被賣為娼；即便浴火重生，以勤學藥理和拯救病患贏得了尊重，也得到了愛情，這天堂般的處境卻終歸鏡花水月。寬民所讚賞的桃花源不過是過渡的權力真空期的假象，日軍敗退了，盟軍尚未接管，陳暫時取代小島，成了空蕩軍營的最高領導者，美津子也獲得自由之身，脫下了破舊的男性軍服，穿上洋裝，和陳沙灘漫步、海中戲水，主動示愛。只是這神仙眷侶的日子時時飄著烏雲，陳沉浸於兩人世界的濃情蜜意，卻又魂牽夢繫於遠方的家園，一心一意想要早日歸鄉、重整事業。身為婦產科醫生，竟然沒有發現美津子懷孕了，對於她提出在島上多留些時日的祈求，也一再斷然拒絕。

這時失蹤已久的山田尋了回來，意外發現戰爭已經結束，他也不再是逃兵。山田是作者刻意安排的一個對比，他來自台灣的原住民部落，沒有像陳那樣受過高等教育，卻也因此在理念上沒有那麼多框架，更為通達人情事理。他求生本能和適應力都極強，甚至還有通靈能力，上山下海，來去自由。逃出軍營後在當地村落住了下來，成了家，即將成為父親，美津子懷孕的事只有他發現了。山田和妻子露露簡單快樂的生活更映照出美津子的失落。

故事到後來有了戲劇性的轉折，陳無法承諾美津子未來，而美津子也基於自尊，始終未說出懷孕之事。此時角色已從統治者淪為戰犯的小島上尉因病未隨軍遣返日本，暫留島上，他無意中聽到美津子和山田談到懷孕的煩惱無奈，乃鼓足勇氣跳出來表達愛意，願娶她回日本，美津子自是不從。此時小島已是又老又殘，且患有精神分裂，時好時壞。山田看美津子神情淒涼，以為受了欺負，新愁舊恨，與小島大打出手，後者不敵，狂亂衝進太平洋一去不回。然而，即使作者不安排小島意外死亡，理性尋求解套，讓美津子跟他回到日本，以小島的病弱、美津子的慰安婦烙印，生活也難免艱難屈辱。因此，不論跟哪個男人，不論到日本或台灣，回到了現實世界，美津子都很難繼續保有她以生命換得的尊嚴。

人生起伏不定，即使暫時不幸如魚擱淺，不得不相濡以沫，莊子眼裡的英雄仍心懷江湖的壯闊，料想終有歸去的一天，「相忘於江湖」是多麼豪氣干雲的想像。然而不是所有的魚都回得去的，江湖並不為所有的魚存在。對於美津子這樣階層的女人，或者對於七十年前大部分的台灣女人而言，她們沒有浩瀚的江湖可歸，她們只能跟上一個男人，回歸這個男人的家庭。邊緣女人如美津子，她的愛情自開始即沒有未來，她的快樂來自於短暫虛幻的相噓相濡，她對未來沒有選擇權。

悠游於江湖或者一心歸向江湖的大魚怎會看到涸泉中小魚的困頓？親密愛人陳醫師

視而未見，七十年後的精英讀者亦不解其苦。然而身為男性、科學家的嘉林卻不僅看見、感同身受，並且為她留下了美麗滄涼的身影，這是作者的可貴。

星空的祕密

天色暗了下來，星星尚未放出光芒，你的頻道卻閃閃發亮，無線電波彼端傳來你低聲的呼喚：第一音節略重的母音，和緩的語調，熟悉親稔一如往昔。橫亙你我之間的數個世紀凝縮成瞬間，難以計數的光年也失卻了阻隔。是的，什麼都未曾改變，地球也早已停止了旋轉，而你就在牆的隔壁，街的轉角，游目四顧，宇宙洪荒、萬千人群裡我看見的就只有你和你那溫婉的微笑。

第一次相見，是在地球主辦的星際舞會，一群穿著短裙的女孩圍著你，聽你以外星人的腔調描述如何在天寒地凍中落到近北極圈的荒原，和原住民一起過活，將肉片晒乾，帶著上山狩獵、作為食物的山中傳奇。你剛來乍到，一切都新鮮好奇，你的故事，也總吸引著年輕的男女。但是當音樂響起，你卻直直滑行過來，切入我的舞伴，說我可以和你跳華爾滋嗎？

愛情的發生和隨你滑行同步展開，像華爾滋的舞步，自然順暢。舞會後，收到你的電波，開始了我們無止境的對話，聽你描述那與地球國家相異的烏托邦般的社會結構，用外來的眼光重新看待周遭的人物與活動，每一天都驚喜連連。然而，我們相逢的時間卻是結構性的歷史悲劇，你的時間程式早已設定，從認識開始，我便倒數著分手的日子，在極喜和極悲間震盪。

我拒絕這希臘悲劇般的命運，不想落入奧非斯的結局，只是忍不住回頭一望便永遠失去了愛人，落得終生悲歌，也沒有勇氣像電影《超越時空愛上你》的女主角，縱身一躍跨過時空鴻溝，去追求心之所屬。於是不自量力地和諸神抗衡，說長痛不如短痛，不要再見面了。你卻比我認命，說我們的時間已這般短暫，何苦再浪費在掙扎中呢。

之後，曾經有多少寒暑，我費盡心思將你自記憶抹去，一遍又一遍消去你的頻道，毀棄你的信息，只為了不留下痕跡，全然遺忘。曾經瘋狂地將約會填滿，不留下思念你的空間；吞噬星際研究，治療自己的異星戀情結。當我以為已將你劃上句點，封存入檔，你卻總是在我最不設防的時候，悄然現身於午夜的星空，提醒我奧非斯的眼淚。一次又一次，在黝黑的夜裡，人們都已昏沉入睡，我獨自驚醒，推開窗扉，探索宇宙訊息，眺尋你的星球而不得。

終於有一天，地球也轉累了，生活的瑣碎將激情狂濤化為涓涓細流，時光將夢與傷痕一併埋葬。你依然沒有消失，你的名字再浮現時，已成了一位遠方的老友。

再度接收到你的電波，你說正巧旅行到了地球，便再也無法克制搜尋的念頭。你執著地訴說著跨世紀的情意，當許多人與事已隨歲月模糊，熱情已沉澱，你的星球仍然穩定緩慢地運轉，我依然是你心中的最愛，一切都改變了，一切又都沒有變。生活中觸目所及的地球圖像總挑起你的思念；追著星際頻道不放過地球的訊息，憂心地球上愈益頻繁的天災人禍；關心我的日子是否如意……。情深意切一如當年，撩撥著我幽囚已久的思念，心防漸崩，火山底層的熱情傾瀉而出，自然而然洶湧向你，像是尋到了荒煙覆罩的歸路。你說我們相隔如此遙遠，可以不必自制，哭哭笑笑傾吐別後，舊日的熱情摻雜著歲月累積的歷練。你終於輕喟道：「我滿足了。」

接下來的是雨後的初霽，是歷盡灘險後浪濤的歡放，是天使的吟唱，是自我掙扎後和解的舒暢。發現即使歷經人生起落，悲喜備嘗，對你的感覺卻早已烙入身心，日夜相隨。概念、理性的刀鋒雖利，卻切割不去相思之情，即便狠心下刀，怕也是血肉模糊，牽連不斷吧。那麼就接受上天的安排，讓愛你變成自然，變成呼吸和空氣的一部分！

一向不信前世今生，一向不信命運，然而你的一再現身，卻似乎說著另一套截然不同的宇宙運作法則，使得舊有的時空座標蕩然無存。你我運行於不同的軌道，生活於不同的星球，過著不同定義的白天和黑夜……。除了短暫的電波交流，我們什麼也沒有，無從分享生命中的分秒，無法交換一個眼神、一抹微笑，一絲體溫。然而我仍感謝宇宙中有你，因為有你，我可以調整心中的頻道，悄悄收聽來自天外的消息，相信生命的瑣屑、不幸之下，還埋藏了喜悅和驚奇。當我的視線越過汙濁的大氣層，去尋覓你那顆閃爍不定的星球時，便因為和你共同珍藏著一個祕密，而感到幸福。

市場：生命的交會點

灰煙像幽靈般地隨著谷地，沿路而來。谷底的乾草地像細嫩皮膚般地在陽光裡閃著黃赭色的微光，橫灑過群山暗影。黯藍色半透明的煙嵐，陰鬱地由駝峰般的山頭沉下。重重皺褶的墨西哥山脈，靜默不語。

遠處瓦亞帕山村的緩坡上，叢叢樹林有如湖泊。這是星期六，像是白色斑點的漢子，隨著健步的黑驢子，從駝峰間的山徑走下，婦人騎坐在驢背籐籃之間，只見她的頭上下點動。星期六，趕集日，所以一大清早，這一群白點般的人，如同田間的沙鷗，白樴樹上綻放的火花，趕起在山谷裡起伏的黃土坡地上。

他們穿著雪白的棉布衫，用印地安人的小碎步，跟著驢子，舉膝前行。女人高坐驢背上巨大的籐籃之間，嬰兒安穩地兜在她棕赭的胸脯前。女孩兒及踝的棉布長裙，沾了塵土，跟著驢子的快步，連奔帶跑。他們或是一家大小，或是成群結隊，或是單獨一人，潮水一般，赤腳無聲走下山來，走向市鎮。鎮上教堂的圓頂突破聳立的綠樹穹空，背對著黃土山坡。

一條筆直大路，出現在山谷和市鎮之間。你不會錯過那股高聳移動的塵煙，超越所有的人，不停步地趕向鎮上。塵煙幽靈般地趕過那串不起眼的黑色的畜牲、和白斑點似的人，往鎮上飛奔。

——D.H. Lawrence〈趕集日〉；顧裕光譯

這是二十世紀初期，第一次世界大戰打完不久，英國作家勞倫斯旅行到了墨西哥西南部的瓦哈卡省，在高山環繞的谷地，看到成群高山住民，短小快步的是查波泰克族、頭戴錐形黑色小氈帽的是賽拉諾人，趁著週末，攜家帶眷，趕著驢子，駕著牛車，帶上土貨，踏風疾行，來到市鎮，一路浩蕩洶湧，捲起漫天塵沙的景象。

大師出手畢竟不凡，隔了一個世紀，跨過整整一片太平洋，每當我踏進小小的新竹水源市場，勞倫斯描繪的影像便會自動在腦海播映，那高聳移動的塵煙、人聲鼎沸的棚蓋市場、從山谷農村來的莊稼人混雜著從山巔來的印地安土著。

棚蓋不變、四處聚攏的人潮不變、叫賣聲喧囂依舊，二十一世紀的水源市場卻畢竟已現代化，小貨車和機車取代了牛車和驢子，載著貨品的主人更為機動地南征北討，今天在新竹，明天可能到了淡水擺攤；各色各樣的小米手機和銀白發亮的不鏽鋼容器代替了陶壺和薪材，引誘著人們用手摸一摸，想想要不要還個價，讓家裡又增加一個或許不常用得著的物件。不過番茄和瓠瓜以及各色蔬果恐怕仍是市場的主角，尤其是番茄，不論季節、不分市場，總是可以尋著那豔紅的身影，只是價格有上下、數量有多寡而已。

我沒有逛街的習慣，一、兩年不上百貨公司是常事，也不喜歡大賣場那被保麗龍層層裹住的生鮮。退休後有時間逛菜場，漸漸發現菜場的包羅萬象和每日驚奇。生活所需，不論吃的、用的、穿的，幾乎都可以用遠低於百貨、超市的價格在市場得到滿足。就連修改衣物，也發現了一個新設於屋簷下的攤位，日日生意興旺，待改的衣物堆積如小山。

百年前勞倫斯看到的以物易物已不復見，但交易帶來的人際交接仍豐富著不然可能孤立的生命，因此行動不便的老人家仍指使外勞推著輪椅到摩肩接踵的市場來湊上一腳，沾沾人氣。勞倫斯為這些收入微薄卻收益豐厚的買賣做了注解：「古老世界的人，發明了兩個理由來自由無拘地聚集：市集與宗教。亙古以來，這兩件寶讓人和平相聚。一把薪材，一方織巾，幾個雞蛋和番茄，就足以讓男女老少跋山越嶺而來。你買我賣，以物易物，交流兌換。比銀貨尤為要緊的，是人際的交接……在你來我往之際，不同的口音交織，不同的意願交錯。這是生命，銅板只是個楔子。」

市場有每天必到的攤販，賣魚肉賣蔬果的都有。時日久了，買賣雙方會像朋友般互相問候，聊聊家常，「這是今年第一季的收成。」「我女兒放假回來幫忙。」「這些都是我先生種的，他自己說是我的長工。」有每週固定日子出現的，於是也有算好日子的忠實顧客，甚至自稱粉絲團。這些較為固定的攤販通常有擺設貨品的架子，頭上也會有一片遮雨的棚蓋。另一些採游擊戰術的，則隨處找個無人的角落或過道，在地上陳列出可能是出自自家後院的即興產品，像是兩三把排列整齊的香椿葉、一小堆無籽檸檬、數串細如手指的小芭蕉。在這些自家產品中，往往可遇到坊間難見的珍品，如特別香郁的香菜、種植時間拉長、炒起來香味四溢的大蔥、老太太自製的紅糟、過年才有的自製湖南臘肉……。

也有的攤位顯然是臨時插花，一天我碰到一組父女，蹲在地上賣一堆剛摘下來的桑椹，晶亮的紫紅色，顆粒肥大飽滿，兩人還出示紅得發黑的手指，證明這可是今天一早才採的呢。一群歐巴桑受到吸引，擠在一旁圍觀。賣方討價七百五，想一口氣賣掉，一位歐巴桑從錢包掏出一張五百元的大鈔，塞給爸爸，表示自己是全買哪，大約是批發的意思，殺價殺得理直氣壯。父女輪番上陣，堅持市場門口要一斤八十元，而他們只要七十而已。這倒是沒錯，我看過門口的桑椹，可是瘦巴巴，賣相差多了。眾目睽睽下，歐巴桑最後豪氣地再丟出一張百元鈔票，終於成交，人群也即刻散去，尋找另一場好戲。

顧客之間即使不相識，在此相遇，也交換著訊息，我的一些菜單便是因此得來的。

鄰居在社區見面，自是不忘互相通報，「走到菜場盡頭那對母子的豬肉最好，還會把筋都剔掉哦。」

勞倫斯工筆細描瓦哈卡市集時不知是否察覺他自己也可能成了被攤販觀察的對象，畢竟在當地他是稀有的白人男子。當我在水源市場左顧右盼時，便聽到一位賣內衣的女子對她的顧客說，「看哪，現在也有人背著背包來買菜了，好像登山一樣。」

相形之下，裝潢得時尚亮麗的百貨公司和超市只有貨品與貨幣的交換，雖然可能伴隨著制式的微笑和九十度的彎腰，卻沒有聲嘶力竭的吆喝，沒有不斷算計、有效預防失智的討價還價，少了交談，少了看與被看，是如此蒼白、如此異化，缺少生趣。

來自高山的人家和他們的牲畜在買賣結束後，仍得餐風露宿地跋涉回家，勞倫斯寫著「趕集的目的達到了。他們做了買賣，更要緊的，他們有了片時的接觸，觸及生命的向心力。他們曾是人類巨流的一部分，湧向市集，漩渦的中心。在這裡，他們感受到生命的匯聚，他們和遠地來的陌生人接肩磨踵，他們聽到陌生人的語音，他們甚至與異鄉人有所交接問答。」雖然「襯衫裡的手帕緊緊包著幾個銅鈑，也許還有幾個銀幣。但是它們也會消失，就像夜星在晨空裡消失，它們注定要消失。」

生命的流轉移變亙古皆然，一切終將歸零，差異僅在於長短快慢而已。然而，在萬古黑夜裡，這短暫的交會、生命相觸時綻放的光亮，或大或小或長或短，在作家眼裡都是值得捕捉的珍寶。徐志摩在〈偶然〉中用短詩記錄了這光，勞倫斯則是用散文細細勾畫。而平凡的家庭採購者，只要打開眼耳心意，便也不至於錯過身邊的、每日可得的詩情畫意呢！

觀雲聽風山林間

有一張照片，我蹲坐在嶙峋的大石上，身旁白色繩索沿著近九十度的坡面垂下，沒有樹木、沒有階梯、沒有小徑，只有大大小小的石塊。我坐在那，思索著要如何垂降，被先生照了下來。妹妹看了照片，不可思議地問，那是真的嗎？

是真的，山的名字叫竹頭角山，羅馬公路（新竹桃園間的山路，從羅浮到馬武督）五十六・一K處再循產業道路可抵登山口，山高九百四十四公尺，是一座冷門的郊山。

我們沒有太大的野心，年紀大了，平常爬爬一日之內來回的小山健身，最多也只是小百岳。但我的山友爬山另有一目的，便是尋找從前、沒有衛星攝影之前、測量用的三角點，於是那短短的、上面刻有日期和標高的水泥柱便往往將我們引向未知的命運。

既來之，則走之，山勢雖然陡峭，看到路旁斑爛的布條，透露出風雨沖刷後的昔日繽紛，便循著前人足跡不斷往前走，若雙腿不夠用，輔以雙手，感受到全身投入的舒暢，憶起兒時爬上屋後的木麻黃，坐在樹幹上享受涼風的快感。

上山的有很多古道熱腸之人，一段接著一段，在最艱難的地方為後人拉好了繩索，可以攀附。我們曾經翻山越嶺，從台東到屏東，沿海岸線走過那曾遭日軍炸斷的阿朗壹古道。有些地段因為山邊已無路可走，必須越過那些陡升陡降的山坡才得以前行，也都是依靠山友預設的繩索，才能登高望遠，俯視阿朗壹遼闊無邊的美景。

登山不只需要繩索輔助，台灣天氣溼熱，植物生長快速，若沒有人劈荊斬棘，小徑很快就會被荒煙蔓草掩沒，而無路可尋。我常想，這些熱心山友究竟會是誰呢？必定非常熱愛、熟悉山林，而且體力過人吧？有一次我們氣喘吁吁登上苗栗的關刀山，在山頂的三角點遇到一位不高大也不壯碩的女士，她正在打手機，和朋友相約在另一座山中的某處相會，似乎山頭就像街頭轉角的咖啡店那般近便。後來我們聊了起來，原來她就是一位經常拿著開山刀開路的山友，我佩服不已。

在山中休息時，偶遇的山友們也會聊聊天、交換訊息、分享零食，卻幾乎從不交換姓名，然後就分道揚鑣了。雖不相識，也可能再不相見，但有些山友的形影卻難從心頭磨滅。不久前我們登上三峽拉卡山，觀賞遠方北插天山的雲瀑。風推著雲層，快速在眼前流動。一位年輕的登山客，早就上來了，仍流連忘返，他要我們不僅用眼看，也用耳聽那音樂般的風聲。他說，在十月初黃蜂颱風來襲的前一天，他特地上山一趟，山色特別清晰，風聲也格外動聽，有如風琴的演奏。他總設法在工作和接送小孩的空隙中奔向山林，所以腳程特別快，可以一日之間從台北來回合歡山。

台北市附近的山到了假日經常人聲鼎沸，有些地方甚至平日也人潮川流不息，但出了大都會，桃竹苗的郊山就清靜多了。新竹的向天湖位於群山之中，是有名的矮人祭場所，向天湖山也是小百岳之一，我們一直心嚮往之。只是頭一次出師不利，走岔了路，走到了隔壁的光天高山登山口，水管路緊貼山壁，又溼又滑，幾無下腳處，稍一不慎就可能滑入山谷，我們只好半途而廢。隔了一兩年，選擇一個久未下雨之日，帶足了乾糧和水，我們決定再探向天湖山。

向天湖山布滿了人工種植的柳杉林，筆直的針葉林，散發著芳香的芬多精，走在我喜愛的稜線上，踏著乾爽的落葉，覺得心曠神怡。以登山而言，這可算是康莊大道了，只是除了遠處偶爾傳來人聲，沒遇到一位遊客。

攻頂之後，走下山頭，繼續往光天高山前進，在山頂上遠遠俯瞰向天湖，欣賞眾山環繞之中的一點碧波。這時我們遇到了選擇題，是下下上上回到向天湖山，再走康莊大道下山？還是繼續往前，從光天高一路下行？根據事先研讀的資料，這條路較為溼滑難行，而且先前曾遇到的水管山壁始終如陰影盤據心頭。但挑戰未知、不走回頭路的好奇心終於戰勝恐懼，我們決定往前走。

向天湖山路位於向陽面，所以路面乾爽，光天高的山路則深藏陰溼的幽谷，路滑。

我們小心翼翼前進，跨越了數處溪澗和獨木橋之後，來到一處巨石，大約有兩層樓高，垂著一條繩子，下面就是山澗。啊，攀岩！這刺激的經驗，似乎來得太快了些，全無心理準備！正躊躇間，居然跟在我們後面出現一位老經驗的登山客，他看出我們的困擾，立刻好言安慰，示範如何攀岩，提醒我們手握繩時身體要後仰，不要前傾，一步步踩穩。他看到我們平安爬上對面山坡後才繼續行進，很快消失在前方。這是我們在山中一整天看到的唯一人，我相信他是天使。

之後又歷經一些崩坍的路面，也都安然度過，但我們知道最大的考驗將是那溼滑陡峭的水管山壁。行行復行行，都快要走到陽光明亮的出口了，那緊貼山壁的水管路卻始終未出現。回首一望，山壁不就在身後不遠處嗎？物換星移，不過才一兩年，山路已往下移動了數公尺，變成谷中小徑，不必再飛岩走壁了。

處處意外，卻也處處驚喜。山中一日，恍若世間一生。

輯二

愛上女性主義

將近兩百年前，女人開始從地平線上立起身子，走出了男人的陰影，走進了世界地圖，走進了世界歷史，從一、兩個女人，到成群結隊的女人；從默默無言，到眾聲並起。

她們翻山越嶺，她們橫渡大洋大海，尋找結盟、尋覓知音，有時蟄伏，有時猛進，但永不放棄追求平等的決心。

女性主義者百餘年來的行腳，改變了世界，也改變了自己。

愛上女性主義

聽朋友們談起成為女性主義者的過程，各有不同路徑，有人從小敏銳，在每日生活中察覺到了不平等；有人成長為人妻、人媳、人母後，感受到挫折，才去尋找根源；我則是後知後覺，從前人的著作中受到知識的啟發，對女性的處境感到好奇，才去參加婦女運動和從事婦女研究。

我從小到大對性別不平等沒有強烈感受，一九七〇年代初期去美國念研究所，適逢第二波世界婦運進入集結期，常聽到同學壓低聲音、用怪異的語氣和表情談論婦解分子（women's libbers）。原來校園裡有一些活躍的大學女生，通常蓄短髮、穿長褲、比手畫腳高談闊論，對男女和兩性關係總有與眾不同的見解。當時我並不認同女性主義，也不想成為 **women's libber**。後來朋友借我一本像磚頭一樣的厚書，羅賓・摩根（Robin Morgan）主編的女性主義文選《姊妹情義力量大》（*Sisterhood is Powerfu*，一九七〇年出版），讀來深受震撼。其中有美國人類學家瑪格麗・吳爾芙（Margery Wolf）在台灣做的鄉村婦女研究，她特別提出「子宮家庭」的概念，女人在自己原生家庭中沒有地位，沒有歸屬，出嫁後仍是卑微的小媳婦，直到有了兒子，她才真正建立了屬於自己血緣關係的子宮家庭，在其中享受親密關係，受到尊重，這是屬於她的天地，也因此她會防範外來者侵入，把媳婦當作外人。吳爾芙也在另一篇文章中討論中國歷史上婦女自殺率高的問題。我才赫然發現：即使沒有親身感受、經歷，或是未曾聽聞，未必表示這樣的事情不存在或是沒有發生。女性主義給我戴上了新的鏡片來讀歷史、思考身為女人的意義，尋找新的認同。多年後，在不同場合遇到和我年齡相仿的女性主義者，似乎大家都讀了同樣的第一本書。

回國後，正逢台灣經濟起飛，政治轉型，戰後出生的嬰兒潮步入成年期，逐漸成為社會中堅；我們自稱新生代，很幸運沒有受戰亂洗禮，求學順利，充滿自信。歷經動盪的上一輩生活在戒慎恐懼中，特別是對政治恐懼，言行謹慎。相形之下，我們顧慮少，改革動力強，女性主義適時提供了既有理論又有行動的藍圖，我找到了自己的最愛。只是那時女性主義或婦女研究尚未正式進入學術殿堂，世界各地受到啟蒙的女性知識分子仍在暗夜中摸索、自學和互相討論，有了新的發現便興奮地互相通報，也傳遞著姊妹之情。

一九七〇年代中期台灣發生了兩個事件，促發了婦女運動：一是女生考取大學的人數逐年增加，引發守舊人士不安，部分立法委員主張限制女生錄取名額；二是「鍾肇滿殺妻案」，留學生鍾肇滿懷疑妻子外遇，殺妻後返台投案，獲得廣大同情，輿論責備妻子不守婦道、未盡本分，惋惜國家折損了青年才俊。這些性別議題衝擊了眾多知識女青年。那時呂秀蓮已因抨擊舊社會享有盛名，主持拓荒者出版社、在大報寫專欄，提出異議。在台大學長鄧維楨鼓勵下，我主動求見，約好到仁愛路二段的拓荒者。當時想見呂秀蓮的人不少，多半都是與我年齡相仿的年輕女性，得按著順序排隊。我坐在接待處，前一位正好是李元貞，我們攀談起來，自此成為好友，從《婦女新知》雜誌一路合作到婦女新知基金會。

加入拓荒者成為義工後，什麼活都做，曾經為了出版《她們為什麼成名》，臨時被派去採訪著名的鋼琴家藤田梓和她的夫婿鄧昌國，當時他們已實質處於分居狀態，卻是媒體眼中的神仙眷侶；也曾經負責統計和分析「台北市家庭主婦問卷調查」，後來出版成冊，發現絕大多數女性都希望來生改換性別，寧為男人；到學校和團體去演講……。從行動當中發現了太多有趣的問題，卻在傳統的學說中遍尋不著答案，於是自然投入婦女研究，從中國歷史去找、從女性主義理論去找，最後發現應該做本土研究。

正好一九七六到一九八五年聯合國定為「婦女十年」（Decade for Women），一時之間全球婦運勢若燎原，婦女研究機構、婦運團體紛紛成立，台灣婦運則更因一九八七年解嚴後風起雲湧的社會運動水漲船高。快速的崛起也帶來了新的問題，如何在父權文化的籠罩下發出女性的聲音？婦運和婦研的關係？婦運、婦研與主流的政治、文化、學術又可以如何連結？

一九八五年，美國亞洲協會贊助我和鄭至慧、龍應台、李素秋去菲律賓參加亞洲婦女論壇，菲律賓和孟加拉婦女的左派論述讓我大開眼界。亞協代表謝孝同讀了我的報告後，把我找去，問我：「你覺得台灣婦女現在最需要的是什麼？」當時不論「婦運」或「婦研」的朋友都希望有一個婦女資料中心，蒐集充分的資料，了解婦女的處境和需求，進而提出政策主張。我們得到了亞協三年的贊助，再借得台大人口中心一間辦公室，成立了婦女研究室，期望發展成全國性的組織。選擇台大是借重其聲望來提高婦女研究的社會接受度，同時也基於過去的合作經驗與姊妹情誼。但是一旦進入主流建制以後，婦女研究的社會處境有了改變，姊妹情誼也受到了考驗，更多人對婦研產生興趣，但研究室的宗旨卻屢經改寫，和台大的關係也從暫借一處變成了長相廝守，最後連名稱也改成了台大婦女研究室。若細究台灣婦女與性別研究發展的歷史，能保留住「婦女」之名已屬萬幸了。

要不要採取女性主義觀點來做研究又是一番波瀾，婦女新知和婦女研究室分道揚鑣後，決定自設「女性學研究中心」。一開始董監事會決定取名「性別研究中心」，因為「性別」較為中性，包容度廣、社會接受度也較高。可是來自美國華盛頓大學的周顏玲教授很不認同，質疑我們為何主動放棄「女性主體」。董監事們一再激辯，各有堅持，僵持難解，王瑞香適時引用陳幼石教授的一句話：「做狗的時候不要說人話。」點醒了眾人，終於拍板定案，幾年後這個組織轉型為女性學學會，簡稱女學會，女仍在。

然而對於許多學者來說，女性主義仍然太過激進，令人難堪，因此主張採取客觀、中立的立場和科學方法來做婦女研究，她們批評女性主義觀點太過運動取向、不夠學術。經過一連串論辯，《婦女新知》雜誌在一九九一年做了一個專題：「到底是婦女研究還是研究婦女」？黃淑玲、李元貞和我分別表達女性主義是理論、婦女運動是行動和實踐，二者其實是相輔相成的，研究者和被研究者的關係應當是互為主體、互相看見。婦女研究除了理論之外，需要結合實踐和自我檢驗，才能夠改造社會。

三篇文章經過報紙轉載，婦研界沒有公開反應，倒是清大社會學研究所所長徐正光在報上寫了〈從批判到反省——也談婦運與婦研的關係〉，有趣地反映了男性學術掌門人調和鼎鼐的態度和高度。他的主要觀點有二，第一：婦運和婦研的最終關懷應該是一致的；第二：台灣婦研還沒有形成自己特有的研究領域。他說這些婦運人士太焦慮了，所以才會這樣發脾氣；其實她們並無惡意，只是很想做事但苦無經費，所以雙方最終應該要攜手合作。至於我們在文章中批評主流學者在移植婦女研究時丟掉了其中的精髓：女性主義理論，是掛羊頭賣狗肉，徐所長則辯解：「她們心中最感焦慮的與遺憾的恐怕還是未能提供美味可口的羊肉，只好暫時賣賣也許味道不美但絕不會有害於人的狗肉。」但是他也期許：「在柳暗花明疑無路的此刻，何妨讓心情靜下來沉思如何才能打開一條新路，以便有峰迴路轉的一日。」

過了數個年頭，終於等到了「峰迴路轉」，在世界潮流引領下女性主義受到接納，登堂入室，進入主流學術，女性主義不再是汙名，反而有了時尚感。可是當許多人都自稱女性主義者時，我雖然鬆了一口氣，卻又產生了新的焦慮：女性主義的核心價值是否真正得到理解和實踐，還是終究被主流淹沒了？

女人、知識與書寫

——我的寫作經驗

我是一個喜歡動筆的女人，文字之於我，大約就像黏土之於雕塑家、音符之於音樂家，充滿了各種可能和魅力。文字可以使我安靜下來，進入自己的內在世界；也可以成為重建思維的意符和照見自我的鏡像。總之，生活在紛擾的世間，而不至於瘋狂，文字給了我安定的力量和愉悅的泉源。雖然無法成為私心嚮往的詩人或小說家，可以自由駕馭文字，馳騁在創作的原野，但是透過嚴謹的規畫和組合，文字使我享受到思考和表達的樂趣。念大學的時候，一位曾任編輯的長輩（當然是男性）曾經稱讚我的文字老練、理路清楚，像成熟的男人，不像女孩，著實讓我自我陶醉了好一陣子。

後來，讀了一些書，經歷了一些人生之後，我變成了女性主義者，以前的想法拿出來左看右看，覺得不大管用了，譬如，「頭腦像男人」不再是恭維，反而成了性別偏見，因為理性思考本來就不是男人的專利；而在社會上和家庭中男人指派給女人的位置，雖口口聲聲是為了女人好，卻總覺得有點陰謀的成分在內，否則男人為何不據為己有？

一九八〇年代，幾位和我有類似想法的朋友發現，這樣反叛的念頭見諸文字是找不到地方發表的，我們在投稿前總得小心翼翼自我篩選、包裝，才偶爾獲得大報收容，但仍會在內文和題目上動手腳。為了讓這些打入冷宮的文章一見天日，李元貞堅持我們自己創辦《婦女新知》雜誌，雖然大家內心十分清楚「要害一個人就勸他辦雜誌」。有了出版品，銷路仍是問題，所以有好幾年我們都一直在談要不要停刊，版面也一改再改。

古時候大多數女人一輩子都沒有機會識字，更別談提筆了；能夠讀書識字之後，因為營養不良、體力不佳，加上沒有自己的書桌、做不完的家事，也無從提筆；等我們有了紙筆，有了時間，卻不幸又長出了不被見容的、自己的想法，沒有市場，只好走上街頭，從事婦女運動，喚起社會注意。

婦運的目的是要打破女人無聲無息的社會現況，讓女人的需要、女人的處境納入制度設計和政治決策的考量。從八〇年代至今，發表的空間明顯變大了，女人的意見不再局限於報紙的副刊和家庭版，也可以擠上要聞版了。可是即使受到主流媒體青睞，卻發現稿件經常被刪得七零八落，而失去了焦點。和編輯溝通結果發現，雖然我們關心同一事件，卻由於經驗和觀看角度有別，以致見解不一。例如一九九八年印尼發生了五千多起華裔婦女被強暴的事件，我想從女性主義反性別和種族暴力的觀點切入，編輯的意見卻是以我國的經濟優勢要求印尼當局回應，依然倚重發展模式。從國內外政治人物一樁又一樁的婚外情新聞，我們看到妻子、前妻、情人不斷替男人背書的委曲和屈辱，編者卻大筆刪去，不願正視。為了捕捉發表的機會，常需要靜靜守候著，等待事件發生，有時候從這個婦女節等到下一個婦女節。

不過無論如何，從無聲到有聲到女性意識的彰顯，女人總算一步一步走出自己的路了，從可以掌握筆桿（或電腦）到取得發言管道雖是一段艱辛的路程，卻絕不是終點。惟有突破知識領域中的男高女低，打破「男人的事」和「女人的事」的楚河漢界，不僅女人可以參與公共事務的討論，傳統歸類為「婆婆媽媽」的事也應納入公共論域，男女攜手處理，才可能真正達到事業和家庭的平衡，女人才不會永遠被迫侷處一隅，封閉自己的思想、感情，也才能夠自由地思考、書寫和發表。

飛向奈羅比

聯合國一九四五年成立後總共舉辦了四屆世界婦女大會，每回都是婦女界盛事。我有幸在一九八五年七月到肯亞首都奈羅比參加第三屆大會。

聯合國從成立之初便成為世界婦女運動的重要舞台，婦運團體將這個國際場域當作槓桿去影響各自國內的政治，提升婦女地位。各國政府也反過來利用這個國際組織去結盟、對抗，展示自己的外交影響力。一九七五年在羅馬尼亞提案、美國反對和蘇聯支持下，聯合國於墨西哥市召開了第一屆世界婦女大會。此時正逢全球第二波婦女運動高潮，但美蘇兩大國計較的卻不是婦女，而是冷戰。不過有了第一次就有第二、第三次，參與人數一屆比一屆倍增。美國政府十分務實，既然反對不成，便爭取主導，大方贊助肯亞政府辦理在奈羅比的這場會議，並派出總統雷根的女兒莫琳・雷根（Maureen Reagan）擔任美國的領隊。根據統計，參加的各國官方和非官方人數超過一萬七千，是前所未有的全球婦女大集合，自然而然加速了各地的婦女運動和女性自覺，西方（尤其是美國）的女性主義觀點自此主導全球婦運。

這次會議奠立了婦女研究成為獨立學門的基礎，同時大會也通過決議，要求會員國在國內設立提升婦女權益的機制、加速培力女性、消除性別暴力，影響深遠。但是也因為參與人數多，準備不周，混亂不堪，事後不少國家檢討，這種五年一次的大拜拜，是否值得再辦。推來推去，十年後（一九九五年）北京主辦了第四屆世界婦女大會，盛況空前，但也再無後續了。

一九七五年第一次大會之後，婦女運動勢如燎原，聯合國將一九七六到一九八五年訂為婦女十年，要求各會員國大力提升婦女地位。台灣雖然不是會員國，在國際氛圍下，年輕的婦運活力十足，引起國際注意。一九八五年三月，我意外受到邀請去參與第三次世界婦女大會，但當時主辦國肯亞沒有料到會有這麼多人報名，情勢有點失控，所以提供補助的國際基金會告訴我，補助的條件之一是，我必須已經自行取得簽證、機票和住宿。那時電腦尚未普及，更無網路，從三月到六月，我想盡辦法，寫了無數航空快遞想要辦手續，都石沉大海，只收到東京肯亞大使館的回函，告訴我不發簽證，但可以到了當地再辦。期間我遇到另外三位也有意與會的前輩，過去我們並不相識，相談之下，她們沒有簽證，也沒有大使館的信，卻早已訂好了旅館，發現我手上有一封官方信件，大喜過望，於是邀我同住旅館，拼拼湊湊，勇敢的四人決定一同上路。難怪美國前總統詹森曾經說過，他喜歡個別的女人，但是害怕成群的女人。

我的同伴們都有很高的社會地位，出發前還去拜訪了外交部長，當時中國大陸剛開始改革開放，向國外伸出觸角，部長提醒我們三不政策：不接觸、不談判、不妥協。可是在世界婦女大會中碰到說著相同語言的同胞，很難不坐下來聊聊，我的一位同伴具備官方身分，為了貫徹部長指示，與大陸同胞招呼時用了一個假名，讓對方接觸到的只是一個虛擬的分身，這個代號取得很美，十分文藝。只是過了兩天她竟然忘了這臨時杜撰的名字，我們也無一人記得，於是納悶，再遇對方時，自己究竟是誰呢？好在後來也沒再碰見了。

離開台北後，一路西飛，在曼谷和杜拜轉機，接受前途未卜的長途旅行的考驗，也一路改變自己對事情的期待。

進入非洲，很快學會了不期望任何事情按部就班，所有的變化都可能發生，飛機必定誤點，會議也可能臨時取消或改變場地，空服員非但不示範救生，端茶送水也免了。到了機場，經過一番周折，竟一度被錯認為來自北京。終於進關後，我的同伴發現，付好訂金的希爾頓旅館已經被政府接管，也就是說，預定的房間被政府徵收給別人住了。還好，政府不是完全不負責任，他們派車把我們和其他失去房間的人全部載到奈羅比大學的學生宿舍，告訴我們只能住一天，第二天一早就得搬走。第二天無人聞問，我們也沒搬，就這樣住到會議結束。

週末休會，我們決定坐長途公車去旅行，我負責買票，開車時間是早上十點，售票員一再叮囑，九點半一定要到車站。我們到時，車已停好了，上車坐好，到了十點，車沒有往前開動，反而左右搖晃了起來，原來是在換輪胎。車子四周站滿了叉著雙手、無所事事的男人和小孩，似乎圍觀換輪胎也成了生活中的趣事。

懷著對非洲的滿腔熱忱來到肯亞，遇到的也都是親切的笑臉和熱情的招呼 Jambo，但局勢著實混亂，當局大概也感到面上無光，一位負責接待的男士於是把責任推給女人，他說，所有籌備工作都是女人在做，等到女人發現自己能力不足，找男人來幫忙時，已是開會前一個禮拜了。當時流言紛沓，此說是否為真，已不可考，但以政府對此會議之重視，及參與階層之高，似不可能由女人總攬一切，畢竟居上位者仍是男人。

怪罪女人來維持的形象也撐不了多久，原來規劃整齊的民俗品展售攤位漸漸泛濫到馬路邊、會場門口，叫賣了起來。計程車哄抬價格，同樣的路程從二十元跳到五十元。露天會場裡，迎面走來的女孩要你「捐一棵樹，捐一棵樹。」表示她想要妳荷包裡的一百元。晚上有人來敲門，捧著一本捐款簿，她要去印度留學，請捐一百元。在午餐草地上，我和兩位肯亞代表攀談，她們向我要地址、做朋友，要求我從台灣寄禮物來。會議結束前兩天，兩位丹麥代表在會場附近碰到向她們打招呼 Jambo 的年輕人，正打算做一番國民外交，所有的美金、機票、護照被洗劫一空。這次國際會議在非洲舉行，為了讓其他國家更了解非洲，但在大量接觸後，當地人得到了比較的機會，看到了自己的經濟劣勢，於是自動以自己的方式進行重分配。在資本主義照耀下，物質的匱乏擊潰了民族自尊心。

有了坐公車的經驗，會議結束後，我的同伴決定自己包車南下野生動物保護區，途中司機提議參觀馬賽依族的聚落，馬賽依族人曾以驍勇善戰聞名，一直維持著半遊牧的生活方式，在白人到非洲大量搜購黑奴時，他們拒絕人口買賣，沒有成為奴隸，現在他們可以讓我們進入他們的聚居地，只是我們要付一筆高額的參觀費。英雄的後代住在泥土和牛糞做的茅棚中，他們裹著紅色披風，為我們列隊唱歌，但司機並沒有給他們參觀費，反而把錢塞進自己口袋，最後在族人糾纏下，才買了兩條便宜的塑膠珠鍊。我當時年輕氣盛，回奈羅比後去旅行社報告此事，但我的同伴都是閱歷豐富之人，不想惹事，最後不了了之。

世界婦女大會標榜超越國界、超越政治，主辦單位也深恐各種異議團體藉機搶占舞台，吸引媒體，處處小心防範。會議在歌唱聲中揭幕，在舞蹈中結束，沒有發生任何重大「事件」，也沒有驚世的「宣言」，主辦國引為安慰，認為會議成功。

不過，沒有政治性後果，並不表示超越了政治。雖然主題和主體都是婦女，在將近一千場的討論中，地域性或集團性的政治利益仍然比婦女問題更受到關注。以色列與阿拉伯集團的婦女就無法好好坐在一個房間裡談任何議題，而不針鋒相對。女人們在開幕式中齊聲高唱：「讓男人放下武器，學習愛與和平……」但如何突破過去早已設下的意識型態和地域障礙，追求實質的和平與尊重，考驗著所有愛好和平的女人。

一九九三年聯合國通過了消除對婦女暴力行為宣言，一九九五年北京世婦會發表北京宣言，提出諸多具體行動方向，二〇一〇年聯合國整合了原有的機構，成立了位階更高的新單位 UN Women，增強婦女在聯合國內部和國際之間的影響力。雖然第五屆婦女大會千呼萬喚未出現，婦女議題終於成為聯合國每天的關注重點了。

走過三世紀的老牌女青運動

從台北市青島西路走進台北基督教女青年會大門，等電梯的時候可以看到一塊長方形透明壓克力的女性文化地標，上面寫著女青年會是一個國際性、宗教性、服務性的團體，這是中華民國文化復興委員會（現名為中華文化總會）在二〇〇七年選擇台北市女性地標時，給女青年會的定位，當時我也參與其中。這不僅是女青年會深烙人心的印象，資深的會員們也是這麼定位自己。

二〇一二年，在侯天儀會長亟思重塑女青形象的感召下，我成為台北市女青年會的董事，開始接觸到世界女青年會的願景、目標、策略和歷史，好像挖寶一樣，發現了一個從未認識的婦女運動。原來一百五十多年前初具雛形時，女青年會就自許為婦女運動和青年運動，之後也始終自稱 YWCA movement，女青運動。我們在台灣一直用女青年會的稱呼，把它看作一個機構，世界女青年會卻以「運動」標舉行動性，不知不覺中流露出文化差異。

女青年會的成立是為了年輕女工。工業革命後，一波接一波的年輕女性從鄉村湧入城市謀生，工作環境惡劣，漂泊不定。看在歐美中產階級基督徒女性的眼裡，開始帶領祈禱及提供住所，雖然自稱運動團體，但近似於公益或慈善性質，而被歸為社會服務團體。然而剝開歷史表象，可以深一層看到，女青運動雖不高呼男女平等，它的足跡卻處處和婦女運動交疊，在實際行動上甚至有時超前於婦運。

人的生命如潮水，有起必有落，出生、成長、興盛、凋零，社會運動亦有生命週期，發端、集結、制度化，爾後削弱、消失。十九世紀以來，歷史長河中，多少社會運動潮起潮落，終歸消散，女青運動卻始終茁壯，展現女性跨越時空、綿延不斷的生命力。

翻開婦女史，婦運者之間相互取暖，餘溫猶存。第一次國際（那時候所謂的世界可能還只是歐洲）婦女會議早在一八七八年於巴黎召開，當時法國國勢正隆，在國際上居於領導地位。第二次國際婦女會議是一八八八年國際婦女協會 ＩＣＷ（International Council of Women）在華盛頓召開，女青年會的第一次世界婦女會議則是一八九八年在倫敦召開。這些會議都在正式的、政府支持的國際聯盟（一九二〇年成立）之前，婦女們不僅飄洋過海、進行結盟跟會議，還於日後催生了國際聯盟和聯合國。這些生機蓬勃的女子究竟來自何方？

十八、十九世紀，女性受教育的機會很少，工作機會更少，上流社會把女人養在家裡，也關在家裡，拋頭露面外出工作是不光彩的事。投入女青運動的女性都受過高等以上教育、出身高尚家庭，充滿熱情、願意服務奉獻，卻沒有符合身分的工作機會。她們以宗教熱情投入慈善活動，比較不被側目。所以女青運動吸收了大批優秀志工，在全球發光發熱，創造了婦運傳奇。透過跨文化的連結，她們手牽著手、一代一代走下去。一九四五年聯合國成立，決定設立人權委員會，但僅有的四位女性代表卻堅持要有獨立的婦女地位委員會，伸張婦女權利，四位代表中有中華民國的吳貽芳。之後聯合國成為婦運的重要舞台，女青年會也始終在其中扮演關鍵角色。

在男權社會裡，弱勢團體要爭取權利，總會弄得頭破血流，付出慘烈代價。但是女青運動的領導者卻主動分享權力，身體力行女性主義的平等、尊重。爬梳女性主義理論，去殖民化的主張出現在一九九〇年代，是第三世界女性對主流文化的批判。可是女青年會內部很早就開始去殖民化，廣納各色人種和年輕女性，也歡迎其他宗教人士加入、擔任要職，避免變成白髮、白女人的專屬地盤。

世界女青大會每四年召開一次，一九三八年開會之後，遭逢第二次世界大戰，中間停辦了近十年，一九四七年決定在杭州續辦。中國剛經過八年抗戰，正在國共內戰，動盪不安，可是世界女青年會堅持在歐美地區以外舉辦大會，減少白人主導的色彩，宣示種族融合。日本剛戰敗，她們也有意藉此推動國際和平，扶日本一把。那時候辦世界大會難度很高，最快的聯絡方式就是寫航空信，至少要一週才會送達，但她們願意克服萬難。當時提出來「培力女人」（enable women）的口號，一九九〇年代以後「充權女人」（empower women）是全球婦運的重點，二者意思相近，都是讓女性發揮能量、參與社會。

此後，原先皆是殖民地的印度、錫蘭（斯里蘭卡）、緬甸等等，開始培養在地的婦女領袖，台灣的第一屆會長不是西方白人，但是其他地區的女青年會則幾乎都是由白人傳教士開創，爾後才訓練當地婦女擔任領導。印度等這些亞洲國家成功的經驗，也被複製到非洲，並且由亞洲女性擔綱國際訓練工作。女青年會早在後殖民論述展開的數十年前就堅定對抗種族歧視。

世界女青年會在本身的組織裡也做到去殖民化，當今日內瓦總部的工作同仁來自各國的不同人種，五位副會長，必須來自五個不同的洲。這樣做需要付出龐大行政成本，例如大家都在用非母語溝通，要克服不同的思考邏輯，增加了語文的困難度。各地的女青年會，則努力增強在地文化的信心，一九五六年，印度在孟買舉行全國大會，來參加的女性都沒有戴帽子，這實在意義重大。女青年會從英國發源，女王、上流社會女性出門都要戴上漂亮的帽子，顯示身分、氣派，殖民地也跟著仿效，但是女青年會讓大家了解在地文化的尊嚴，所以那次會議之後，大家都把帽子收起來，不再戴了，省了一筆帽子錢，也顛覆了流行文化。同樣的情形也發生在南非，重要聚會的時候，會員都穿戴整齊並且戴上帽子，有一位成員說她參加女青年會的目的就是要丈夫給她買漂亮的帽子，因為這是上流社會的身分象徵。後來一位會長告訴會員：妳們坐火車去開會，大包小包已經夠多了，還要帶著帽子盒，多不方便，教她們如何輕裝上路，增加機動性，也因而轉變了殖民文化。

幾乎在世界各地所有的難民營，所有受苦難的地方，都有女青年會的事工，這不但難度高，還要做出道德的選擇、克服許多危險，譬如選擇幫助巴勒斯坦難民，招致以色列不滿；在曾經長久實施種族隔離制度的南非，黑人與白人不能住在同一區域，不能上同一所學校，不能進同一家戲院，但是南非女青年會在一九五〇年代，就黑白同會，為了做到這點，必須克服晚上的宵禁，她們常在晚上穿越封鎖線，開很遠的車，回到居住地，以行動反抗種族隔離政策。

很早開始，女青年會就不只服務，也開發女性的力量，運動與組織經營並重，這點很特殊，有別於其他運動團體。女青運動除了運動理念，也重視財務管理、責任、管理效能。有效治理是現代管理的重要理念，所以女青年會不單是運動團體，也是一個有效的管理體系，強調自給自足。我們常說給人魚吃不如教他釣魚，但女青運動並不停留在教人釣魚而已，還要挖魚池，開發魚源，和分配魚獲。烏干達的女青年會有一個「小牛計畫」，她們去荷蘭參訪，看到荷蘭養了過多的牛，必須要殺掉，太可惜了。因此和美國談，運送五十隻小牛到烏干達，分給每家一頭牛飼養，條件則是生下來的第一隻小母牛一定要送人，不能自己留著，牛奶不只自己喝，還可以賣給鄰居，並將牛糞做燃料，和鄰居分享。

女青的宣示中，經常不忘尊重差異。早期女性主義強調相同性，女性與男性相同，所以應當平等。人的差異性被看到，而且受到尊重，是在後現代、後殖民時期，也就是二十世紀末。但世界女青年會在二次大戰後，就已尊重差異，而且與時俱進，每四年一次的大會都討論如何修改憲章，由各地方分會提出改寫的內容，匯聚起來，由下往上推動改變。近年來受到生態女性主義影響，行動綱要不只倡導尊重個人，也尊重地球上不同的物種，維持永續共生的環境。

不過，由於女青年會的工作重點放在實踐和服務，在女性主義風起雲湧的年代沒有參與理論的論戰，也沒有發展自己的論述，以致被歸類於婦女運動之外，甚至本身也幾乎動搖了女性立場，而一度迫於生存需求，考慮與基督教男青年會合併。一九七〇年代第二波全球婦運及時出現、女性主義興起，讓女性立場重新得到正當性，女青運動也終於立定腳跟，搖搖晃晃走過二十世紀，邁入了二十一世紀。

新世紀的女青發展更穩健，改造父權文化的目標也更明確。時至今日，全球會員超過兩千萬人，在兩萬多個社區都建立了草根據點，是國際社會活躍的領導者，也用心耕耘基層、培養年輕女性、防治愛滋與性別暴力。從總會到分會，在所有重要職位上保留四分之一給三十歲以下的年輕女性，栽培未來的領導人才。世界女青年會的會長、祕書長經常由非洲女性出任，澳洲女青年會近年來也產生了第一位原住民會長，在在展現了女人當家特有的前瞻、包容與身體力行，也讓我們對女性主義所追求的平等、分享、互相尊重的願景更具有信心。

千里紅線女書情

《女書——世界唯一的女性文字》，這本Ａ４大小、每一頁面的四角都有手繪裝飾的布面精裝書，問世已經超過二十年了，於世界各著名大學的圖書館都占有一席之地，女書的故事也在香港、台北製成舞台劇，在好萊塢拍成了劇情片，到世界各地公演。此書出版十九年之後，二〇一〇年，我終於和好友們林維紅、余漢儀、范情、謝園及維紅的女兒刑本寧一同踏上前往女書原鄉的旅途。這趟旅程新鮮有趣，美景無限，卻不無遺憾：為出版這書穿針引線、兩岸奔波的鄭至慧己於一年前隨風飄逝。在紀念她的週年，我們試圖尋覓故友的屐痕，會見她因女書結緣的朋友，一償宿願。

女書，這世間獨一無二的女人祕密文字，曾經悄悄地在湘桂粵交界的山區流傳，因為隱祕，不知始於何時，卻因戰爭、文革和流行文化入侵而告終。一九九一年，這些不被看好、村婦之間的私密書信首度在台北集結成冊、布面精裝出版，漢字與女書對照，並且做成英文簡介，向全球發行，著實震動了全球婦女研究界。江永到台北的直線距離超過一千公里，當時兩岸未通，江永還是管制區，群山環繞，沒有鐵、公路直達，從四面汪洋的台灣過去，千山萬水，還得克服重重人為障礙。當時女書的自然傳人多已凋零，僅剩兩、三位老婦，和台北以青壯年為主的婦女運動者相差至少兩個世代，語言不通、文化隔閡，是什麼樣的動力讓都會的女性主義團體傾其所能、不計成本，集體抄寫、出版從未謀面、世居深山、纏足老嫗的私密話語？

在父權社會中，女人作為他者和第二性，有人自覺，有人不察，但在本質上，處境實屬雷同，差異的可能只是程度。女人各自在自己的時空掙扎，就是所謂的油蔴菜籽般的命運吧，自覺為他者或第二性的歷程也是各自成長的過程。在這個過程中，「我」與其他女人相遇，看見彼此，得到印證，也因而獲得智慧和力量。女人似乎總是在別的女人身上看到自己。

翻開婦女史，女人的成長在集體的、婦運層次和個人層次同時進行著，互相交錯增強。

和地方性的社會運動相比，婦運有一個最大的特色，就是女人和女人之間那份互相傾訴、互相扶持的需求，這份需求甚至可以跨越文化差異，得到滿足。往前追溯，早在十九世紀，不同國籍的女人就不辭舟車勞頓、環繞地球、一次又一次地召開世界婦女會議，在現代化客輪和飛機尚未問世之前，這樣做需要多大的勇氣和盼望，得儲蓄多久啊！

婦女運動的目的在改變社會現狀，過程中自然會遭受既得利益的抗拒和反撲，運動越成功，反撲的力道也就越大。從一九七〇到一九九〇年代，世界婦運聲勢日盛，聯合國接連召開了四屆全球婦女大會，但同時收編婦運成果的行動也來勢洶洶。

一九七〇年之後的世界，出現了許多女性主義書籍，如《女性情義力量大》（*Sisterhood is Powerful*, 1970）、《我們的身體我們自己》（*Our Bodies Ourselves*, 1971）等等，女性成為言說的主體，女人用自己的、女性的眼光看自己的身體、看周遭世界。二十年後，女性中心的出版事業更盛，《我們的身體我們自己》經過一版再版，變成厚厚一大本的女性健康手冊；Morgan 再出了一本《女性全球大團結》（*Sisterhood is Global*），加州大學洛杉磯分校考古學教授 Marija Gimbutas 揭露了考古學的重大發現：《女神文明：古歐洲的世界》（*The Civilization of the Goddess: the World of Old Europe*, 1991），探討新石器時代及之前的母系文明和女神崇拜，證實了以非暴力為基礎的女性文化不是烏托邦，在地球上的確曾經存在過。這些研究成果鼓舞了女性主義者歡欣樂觀面對未來。

在台灣，女書店那時還沒有成立，婦女新知基金會設有出版部，至慧主責，一九九〇年出版了《四十七個女人最真實的聲音》，目的在讓平凡女人發聲，彰顯女性文化。然而，銷路並不好，初綻嫩芽的女性主義在父權的土壤上得不到多少養分，甚至受到婦女研究機構打壓，被排除於學術之外。

一九八九年十一月，香港中文大學舉辦「華人社會之性別研究研討會」，首次召集兩岸三地的婦女研究者共聚一堂，十分難得。但會裡會外各自仍守著自己的小圈子，互動不多。主辦單位因為「失誤」，不小心將我與鄭州大學的李小江安排住在同一房間，台灣的領導則住到面海的高級套房。主辦人不好意思地再三道歉，我和小江卻一見如故，形影不離，整天說個沒完。她總是在談她夢想中的婦女博物館，我則三句話不離女性主義。我支持她的夢想，建議博物館取名中華，不要用中國，這樣更為包容。她卻對源自西方的女性主義有諸多批判，堅持尋找自己的路。次年三月，她在鄭州召開「中國婦女社會參與和發展研討會」，邀請我參加，我邀了至慧一起去，這也是我第一次登陸。

那次會議有很多第一次：六四後第一次的全國性學術會議、有史以來第一次的全國婦女研究會議，也是許多人的第一次接觸。氣氛有點緊張，但情緒極為高昂。大陸的婦女幹校系統、婦聯系統、港台、歐美都有人參加，學術與實務並重。每晚有不設主題的「夜間沙龍」，大家天南地北聊個沒完，欲罷不能，曲終人難散，也激勵大陸產生了第一代婦女研究學者。

當時台灣剛經歷解嚴，婦運聲勢正盛，但也面臨反挫，女性主義受到壓制。大陸則是正要對外開放、從社會主義走向資本主義，婦女研究停留在前女性主義的問題意識與方法論，最關心大男、大女未婚的問題和女性的離婚與就業。雙方用不同的觀點和語言詮釋女性意識，對許多大陸參與者而言，體現「自我意識覺醒」意味著揚棄過去文革年代的壓抑，在服裝、美姿、美容上追求西化的時尚，在情感上尋找避風港，或做一個家庭事業兼顧的女超人，從共產主義的單一性別回歸傳統男女有別的價值觀。

因此，當宮哲兵教授在會議中展示他無意中發現的女書作品時，大陸學者認為，這些目不識丁、小腳村婦的作品毫無文學價值，不值一顧。台灣的婦運者卻如獲至寶，特別因為作者不識男字、未受父權文化洗腦，而彌足珍貴。遠離中原的山區、漢瑤雜居的化外、女人之間的祕密書寫，有可能逃過父權文化的天羅地網嗎？世上可能存在我們夢寐以求的原生態女性文化嗎？

於是會後至慧立即改變行程，隨宮哲兵回到武漢，親自檢視他收集的女書原件和翻譯稿，決定在台灣出版，期間她越過崇山峻嶺，親訪江永做田野研究。然而，女書作者習慣於身後焚毀作品，文革也沒有放過這個遠在天邊的山區，損毀了大部分倖存的作品和女人相聚吟唱女書的花山廟。後人只有憑藉女書曾經存在的事實和留存下來的極小部分作品遙想那曾經綻放的女性創造力和生命力。

《女書》的問世集結了眾多人力：原著者、保存者、發現者、翻譯者、編印者、出資者等，缺一不可。出版時封面上原本根據合約只印上宮哲兵的名字，新知方面極不以為然，我們堅持至少應加上原作者的名字和主編鄭至慧，最後至慧仍不掛名，但同意改為高銀仙、義年華、胡池珠著，宮哲兵編著。這樣做違背了合約，也平添了哲兵和原作者子孫之間的誤會，他們向他索取報酬，而新知內部也因為此書成本過鉅，回收不易，引發不快。

二〇一〇年九月，宮哲兵自己生病了，他的兒子宮步坦律師和江永的何校長陪著我們，與來自武漢的密小華和她女兒、金鳳、袁麗霞、曲漢，來自四川的申子辰、來自深圳的沈鷺等人一同在江永的青山綠水間走訪女書遺跡和舊友，想像至慧當年的跋涉。長年研究女書的周碩沂先生已經過世了，楊仁里先生仍健在，他多次提起至慧的樸實勤奮，還拿出自己保存的至慧親筆卡片，唐功暐、吳多祿先生都記得至慧的謙讓，女書最後一代傳人高銀仙的孫子胡強志已經長大成人，現在經營女書文化站。曾經接受當地政府女書培訓的新一代女書傳人何靜華不曾見過至慧，要求我打開電腦檔案，看著至慧的照片，即席做了女詩一首，和周先生的妹妹周惠娟當場高聲吟唱：

一根紅線連向天，
天下姊妹連攏來；

瀟湘河水深千尺，
不及天下姊妹情。

這根紅線讓我們暫忘世俗的煩憂，牽連起古今西東、天上人間的真情至性。

芝加哥之怒

熟悉世界婦女運動史的人大概都知道第二波婦女運動中的婦女解放運動是由年輕的女學生在芝加哥發起的。一九六七年勞工節左派團體在芝加哥舉行全國大會，各派人馬大鳴大放，卻唯獨不讓女性發言，五位憤怒的女青年衝向講台，主席竟拍拍其中一人的頭說，「冷靜一點，小女孩，我們有比婦女問題更重要的事要做。」這個「小女孩」施拉密・費爾史東（Shulamith Firestone）後來成了激進女性主義重要的理論家，出版了婦運經典《性的辯證》（*The Dialectic of Sex*）。經此激怒，這群年輕的女學生在其中一位的公寓組織了定期討論會，發展理論與行動，也開啟了第二波婦運。公寓的主人就是喬・傅里曼（Jo Freeman）。

我到了一九九三年冬天才認識喬，那年秋天我從任教的交大到麻省的五校聯合婦女研究中心做訪問研究員，讀了很多婦女運動的文獻，被喬的著作吸引，特別是《婦解政治》（*The Politics of Women's Liberation*）這本書，不過到一九九七年婦女新知基金會家變時，才親身體驗到她所論述的「非結構性的組織暴力」（the tyranny of structurelessness）。也在其他人的著作中讀到她在芝加哥和之前之後的英勇事蹟，主動寫信給她。感恩節那天她約我去她紐約家中吃火雞大餐，看到了她的著名收藏：數百個各式各樣的政治性別針，之後還跟著她去參加女性主義者的聚會，認識了婦運先鋒葛羅莉亞・史坦能（Gloria Steinem，《內在革命》的作者）等人。那時費爾史東應當也在紐約，但可能已經生病了，沒有見到。

要不是這些婦運先驅的朋友和她們的努力，我的婦女研究之路在備受質疑中大概很難從一九七〇年代一直走到現在。即使一九八五年我們在台大成立了婦女研究室，台灣的婦研學者仍為了女性主義的正當性爭議不休，戰火延燒了整整十年。除了本地戰友，是這些散居世界各地的同志們給了我繼續走下去的勇氣和信心。

喬在成為女性主義者之前，曾從事黑人的民權運動，她寫過一篇文章悼念羅莎・派克（Rosa Parks），這是美國南方一位平凡的小職員、非裔、女性，因為一九五五年在公車上拒絕讓座位給白男人，被送進警局，在種族歧視的南方引發軒然大波，黑人社區因而展開拒搭公車運動，羅莎也成為民權運動的象徵性人物。那年喬只有十歲，一個白人小女孩，住在洛杉磯，和出生於保守的阿拉巴馬州的媽媽天天討論此事，媽媽反對種族隔離，也因此奠定了喬的民權思想。值得一提的是，媽媽曾於二次大戰中從軍，駐紮在英國。

一九五七年，十二歲的喬和媽媽開車回阿拉巴馬老家，曾為了這件事和全體家族成員激辯，舅舅、阿姨、表兄妹全部站在房間的一邊，喬一個人在另外一邊，媽媽則遠遠觀戰，不發一語。喬認為媽媽不介入就表示鼓勵，從此展開了她為黑人民權奮鬥的生涯。二〇〇八年歐巴馬擊敗希拉蕊，成為民主黨的總統候選人之後，收到她的來信，附上文章，談民主黨總統初選，在黨內群英中選出了一位男黑人和一位女白人，她很滿意這樣的結果，在結論中說：這樣的一次選舉是我畢生努力的目標。

不過她仍然擔心，一旦候選人當中有一人是女的，男性選民就沒辦法不受情緒左右，他們的荷爾蒙取代了大腦，帶著情色眼光對女候選人品頭論足，做不出理性選擇。於是她寫了一篇諷刺小品，開玩笑地主張修憲，取消男性投票權，只讓女性投票。

喬於一九九五年到北京參加聯合國第四屆世界婦女大會，回美前順道到新竹來看我，住在我家。當時台北婦女新知協會剛成立不久，理事長紀欣是從美返台的律師，熱情洋溢，各黨關係都好，全心推動婦女參政。我們安排喬在短短幾天內到台北、高雄演講。紀欣在台北主辦婦女參政生活營，邀請喬在「政壇傑出婦女之夜」演講美國婦女參政史，由我擔任翻譯。當時在座的兩百多位女性來自各方各黨，其中許多成為日後政壇上的重量人物，包括余陳月瑛、呂秀蓮、施寄青、朱鳳芝、葉菊蘭、李慶安、陳菊、張富美、藍美津、范巽綠、秦慧珠、秦儷舫、陳玉梅等，這樣不分政黨顏色的女界盛會實屬空前，之後隨著黨爭轉劇，也恐難再續。

當時大家都很關心婦女保障名額的問題，對中華民國這個獨步世界的憲法制度應存應廢拿捏不定。隨著婦女參政實力的提升，舊的保障制已經從提高婦女參政的比例變成了政黨提名的上限，但在女性真正能夠平等分享政治權力之前便貿然廢除，又未免愧對參與制憲的婦運前輩。在討論過程中，喬提出了關鍵人數（critical mass）的概念，她指出，在一個組織中推動變革，有共同理念的成員至少應占四分之一，才有可能成功。這神奇的數字像一道炬光，照亮了保障名額的道路，大家都看到了將原有的十分之一推向四分之一的新目標，而找到了共同努力的方向。

在場的民進黨婦女部主任彭婉如開始在黨內推動女性的四分之一代表制，贏得「彭四分之一」的綽號。國民黨婦女工作會也仿效歐洲國家，提出在各項民意代表選舉中逐漸增加女性提名至四分之一。後來兩黨皆採取了四分之一代表制，但在執行上略有差異，民進黨是每滿四人，需有一名女性，國民黨則是女性不得低於四分之一。一九九九年婦女團體再進一步提出三分之一性別比例的主張。

在台奔走演講後，喬回到美國，寄了數百本她主編的暢銷教科書《女性：女性主義觀點》（*Women: a Feminist Perspective*），捐給女書店，表達支持之意。她是芝加哥大學的政治學博士，也是紐約州的律師，出版了十一本書，其中《社會運動根源》

（*On the Origins of Social Movements*）及《民主及共和兩黨的政治文化》（*The Political Culture of the Democratic and Republican Parties*）都被視為經典。近年來她積極經營自己的部落格，四處參加政黨活動，報導政黨和婦運的動態。不久前她傳來費爾史東久病之後孤獨去世的訊息，稱之為瞬間消逝的流星。相形之下，與費爾史東攜手共創婦運的傅里曼半世紀來始終活躍，年過七十依舊生氣勃勃，堪稱社運世代永遠指引方向的北極星。

聖彼得堡夏夜

二〇一二年夏天，離開聖彼得堡前夕，我們坐在車站前一家俄式餐廳的陽台，與當地婦女聯合會的會長共進晚餐，主人是勞委會（二〇一四年改制為勞動部）王如玄主委，她率團從台灣來參加APEC（亞太經合會）的婦女經濟論壇。王主委活力十足，白天參加會議，與各國代表雙邊會談，臨走前還透過管道，接觸在地的婦女團體。與我們共餐的會長是位資深老婦運，身材壯碩，氣魄十足，她不會說英語，帶著翻譯。

聖彼得堡的女性相當活躍，有兩百多個婦女團體。二次大戰期間，俄國有百萬女性參加軍隊，抵抗納粹入侵。在德軍一路進逼下，聖彼得堡曾被德軍圍城九百天，沒有失守，也因為不分男女都投入戰事。當時糧食缺乏，麵包採配給制，生活十分艱辛。很多男人不幸戰死，存活下來多為女性，婦女聯會最初成立的主旨就在照顧孤寡。至今在俄羅斯一億四千萬人口中，女人仍比男人多一千一百萬。

除了戰爭奪去性命，北地的酷寒也是對生存的一大考驗。夏日狂歡、冬季憂鬱，男人很多死於酗酒、抽菸、心臟病、意外事件和自殺，平均壽命只有六十四歲，女人則是七十六歲。俄國的退休年齡卻是女性五十五歲、男性六十歲，理由是女性外出工作之外，還需要回家做家事，比較辛苦，所以應早點退休，若是要求男女同齡退休，反而被認為違反了性別平等，和西方國家的平權思考大相逕庭。退休金隨著物價指數調整，但近十年物價大漲，薪水永遠趕不上物價，女性平均薪資只有男性的百分之六十五，遠低於台灣的百分之八十。

聖彼得堡市有性別平等委員會，直屬市政府，主席官派，下設次級委員會，分成教育、健康……等。聖彼得堡州沒有性平會，聯邦的性平會從前設在衛生社會發展部，普丁上任後新成立了勞工社會發展部，不知是否會轉移過去。聖彼得堡州有在州議會提出兩性平等法，但可能無法通過，因男議員人數較多，支持者少。俄羅斯聯邦的兩性平等法則剛起步，正在審查階段，尚未進入國會。聖彼得堡州之所以領先是因為前任州長 Valentina Matvienko 是女性，支持婦運。雖然法律規定父母一共可以請三年育嬰假，前一年半可領四成薪，後一年半無薪，實務上沒有人請三年，只請一年半，而且幾乎全是由母親請假。法律雖優，企業違規情況卻很嚴重。從前政府從勞保基金付給雇主，現在改為直接撥給勞工，但雇主仍設法不讓員工復職。有一家公司，同時有二十人請育嬰假，為了規避法律責任，雇主將公司關閉，另成立新公司，將員工轉移過去，典型的上有政策，下有對策。

當我們問起在台灣推動得如火如荼的聯合國的CEDAW（消除所有形式對婦女歧視公約），俄國友人似乎沒聽過，她們商議了一陣子後，回答說，俄國沒簽。我事後查證，俄國早於一九八〇年已經簽署，一九八一年國會也通過了。放眼全球，台灣大約是對聯合國最忠誠的國家了，美國是真的沒簽CEDAW，雖然婦運團體大力推動，歐巴馬總統也信誓旦旦，但就無法為國會接受。

用完晚餐已過了十點，太陽仍未落下，街道上熙熙攘攘，人們捨不得離開這餘暉、這夏日才有的微風和溫暖，一年當中的黃金七月。如玄主委因連日奔波，已得了重感冒，仍然和俄國友人熱烈擁抱，相約再見。雖然得通過第三國語言（英語）比手畫腳費力溝通，雖然我們分別居住在亞洲的西北和東南兩端，雖然我們生存在不同的政治制度之下，婦運卻將我們連結了起來，共同分享對生命的體悟、對未來的想像和對生活的熱烈情懷。美好的姊妹情誼。

「超越。愛」的見證

二月底，我正準備前往紐約，參加聯合國婦女地位委員會的年度活動，接到了一封電子郵件，現代婦女基金會寄來的，要我幫她們的紀錄片「超越。愛」寫一篇推荐的文章，字數不多，但一週內就要交稿。眼看晚上就要上飛機了，哪有時間坐下來看紀錄片？出國往往是停止做任何承諾的最好藉口，曾經有一位好友告訴大家她出國了，實際則是把自己關在一間廟裡，閉門苦讀，享受了一個月沒有手機鈴聲的清靜。於是我客氣地婉拒了，心想，到了國外，可以喘口氣了。

只是，我現在還沒上飛機，還沒完全得到豁免權。過沒多久，手機響了，那頭是現代的同仁，她可以再多給我一個禮拜，意思是我可以帶著DVD出門，在路上看，然後把文章傳回來。網路時代真的是天羅地網，無所遁形，出國已經無法成為逃避工作的理由。於是我說，好吧，但我不是住在台北，快遞趕得及嗎？她問了我住址和飛機的時間，掛了電話。

下午開始下起雨來，快下班的時候，一位年輕的小姐騎著摩托車來按我家門鈴，她送來了DVD，原來是現代在竹北設有服務中心，她是竹北的社工，看來社工不只無所不能，也無所不做啊！

在旅途中，我盡量找出時間，一點一點看完影片，慶幸自己終於把不可能變成可能，也在這部影片中看到，把不可能變成可能原來是女性共同擁有的生命能量！

現代基金會長期在做親密暴力防治的工作，社工們耐心陪伴受創女性經歷磨難，揀點資源，重拾生活步調，回到生命之路。對於暴力倖存者而言，這道路艱困漫長，對於保護性業務的社會工作者又何嘗不是？除了付出愛心與毅力，一起忍受生命的煎熬，還得抱持希望，不斷創新，為倖存婦女尋找自我的使命、規劃有意義的社會行動，協助她們身心復健。「超越。愛」記錄的便是其中一段歷程。

她們選擇的復健方法之一是集體去完成一項過去從未想過的、不可能的任務：登上玉山。在訓練過程中，發現玉山的排雲山莊正在整修，在預定時間之內排不上行程，於是改選了一個更具挑戰性的目標：雪山。雪山標高三八八六公尺，與玉山同屬「五岳」，是台灣最有名的五座高山之一。這樣的選擇真需要偉大的氣魄，我雖然愛爬山，但因為開始爬山時年事已高，不敢夢想百岳，最多是當天來回的小百岳。離雪山最近的一次是登上觀霧的榛山步道，遙望中央山脈的聖稜線和雪山山頂的靄靄白雪！

這群歷經生命磨難的女人也並不都年輕力壯，年齡從二十四歲到五十七歲，閩南、客家、原住民到新住民，總共十三人，之前互相並不認識，她們來自台灣各地、生活背景各不相同，唯一共同的是都受到家暴的傷害。

在這場生命的實驗裡，參加的人和帶領的人幾乎全部都是女性。開始時受創的婦女講自己的遭遇，面對茫然的未來，忍不住掩面啜泣，社工在一旁盡量設法鼓勵。故事到了最後，所有的難關都一一克服了，大夥終於登上了雪山山頂，受創婦女們各個雀躍歡喜，打手機給親朋好友，分享喜訊，卻是社工們發現不可能的目標竟然達成了，回想往日的焦慮煎熬，激動淚下。

攀登百岳是所有登山客的夢想，卻與多數家暴婦女的生活現實相距千里。但就是在這全然陌生的挑戰中，這群歷經挫折的婦女拋開了熟悉的反應模式，回到生命最初始的單純、自信，彼此扶持、打氣，不願放棄，終於在歡呼聲中，完成了攀上雪山的壯舉，找到了生命的動能。她們發現，完全憑藉己身的力量就足以創造快樂，不需要假手他人。因此相信，生命的道路再艱辛、婚姻再不完美，只要有方法、有同伴、互相支持，自己仍可以挑起重擔走下去，走向光明、走向快樂。社工們也因此相信，她們的努力不會白費，她們的勇敢嘗試將改變處理家暴的模式、改變受暴者的刻板印象，開拓婦女旺盛的生命力。

這份生命重建的紀錄雖然見證了受創者的生命力，卻也拋出了值得深思的問題，受創之後的復健固然值得努力，值得付出預算，卻是否為時已晚？那些讓人心疼的傷害畢竟已經發生了。如果及早介入，這些傷害可能避免發生嗎？可以減輕嗎？

若生命力的開發是我們社會重要的課題，那麼，是否可以在政策上受到更多重視？在教育歷程上更為提早？早到個人受暴之前、跌倒之前、進入婚姻之前，甚至從小開始。若更多教育資源從善後轉移到預防，及早讓女性（男性又何嘗不可）學會看重自己、相信自己、強健身體、享受生命，將可以減少多少身心的創傷！又可以為個人和社會平添多少正面和創新的能量！

而那些只學會了以暴力處理人生問題的男性，又何嘗不是另一種受害者？他們的粗暴不正反映了他們所欲遮蓋的軟弱無能，或者他們無法克服的、幼時所受的傷害？他們的生命力不也同樣需要鼓勵和開發?!

災後：電影《山豬溫泉》

二〇一一年，在婦女團體的召喚下，行政院召開了婦女國是會議，討論權力、經濟、家庭、人口、教育、文化、司法、醫療、環境等議題，總共區分為七大主題。其中六大項都在處理人的關係、人的組織，屬於人類社會的內部管理，唯獨最後一項談到生態和環境，稍微觸及了人類社會的外部關係：人與自然要如何相處。從萬物共生的角度來看，這樣的比重反映了人類中心思想：以人為本位，卻忽略了人對地球、對其他生物的依存和責任。環顧周遭，我們生活在一個資源有限的星球，與其他生物的存活環環相扣，而台灣島更是不到三萬三千平方公里，三分之二是山地、天然資源不豐、長期缺水。若談經濟不考量環境，談人口結構不考慮人口的總量與品質，談醫療不探討與萬物共生的健康生活，享用資源卻不思保育，自然的反撲只會離我們越來越近。

人的生存必須消耗水、糧食、空氣及能源，而形成生態系統的負擔。每個人的每一天生活都在擷取資源和排放廢棄物，也就是破壞自然環境，一旦自然不堪負荷，它可能回過頭來反噬人類社會。二次大戰以後，科技躍進，現代文明成為舉世追求的目標，人們不再滿足於生活的基本所需。現代化、高科技的生活與能源需求成正比，當全球人口快速增加，加上生活水準提高，不僅快速消耗能源，同時也排放廢氣和餘熱，產生溫室效應，造成氣候異常、物種消失、突變……。而台灣地狹人稠，居世界之冠，內政部在二〇〇六年的研究中就已經指出：「台灣土地過度開發，嚴重破壞自然環境，造成大自然反撲現象，以環境面來看國家永續發展，台灣地區『最適當的人口數』應是多少，才能建立優質生活環境品質，殊值探討。」

只是經濟成長和物質生活的誘惑難以抗拒，當人與土地都變成了工商資源，人口政策唯有走上鼓勵生育一途，土地濫墾也在所難免。有許多次，在山路上，我看到推土機不停清理坍方，解決眼前的交通問題，但也只是將路面的沙石推下山谷，「這些泥沙石塊會不會變成下方路段的土石流呢？」卻沒有人想回答我的問題。放眼望去，左邊的山頭已經被剷平，失去了青翠的顏色，陡峭的坡地上種滿了經濟作物，取代了原生樹種，也喪失了水土保持的能力；右邊的山坡則滿是滾落的沙石。有誰來喚醒台灣住民睜開雙眼看見我們依存的自然、看見山地土質的脆弱，學習保存天然資源、減少破壞？

最近一、二十年，台灣女導演輩出，拍了不少發人深省的影片，《山豬溫泉》卻是少有的以高雄寶來地區的天災為背景的劇情片，刻劃了人如何在經歷巨大災難後，重新尋找生命的力量，努力活下去。巨變之後，人們面臨新的選擇，有人決定搬遷，也有人選擇賣地。在片中我們看到男人們受不了建商的鼓吹或親友的慫恿，很快同意賣掉土地，換取現金，反而是女人們堅持整理災後的家園、守住山林。女主角阿雀從喪夫的傷痛中站了起來，重新找到了溫泉的源頭，還用拖把趕走了糾纏她賣地的商人。另兩位留下來的老闆娘在現實生活中也正是寶來當地八八風災的受災戶，她們不僅自救，也成立了重建協會，分任正副會長，展現了女性歷經劫難仍能堅韌護土的生命力。

這種女性特有的力量來自於生活體驗。一九七〇年代，印度的護樹運動（Chipko Movement）便是從喜馬拉雅山區的婦女開始，她們的日常工作就是生產維生作物和取得用水，所以比男人更貼近生態，也對生態破壞更感同身受，所以主張土地、森林、山坡是居民共有的資產，也是生存、自由與尊嚴的基礎，即使家中男人反對，她們仍拒絕把土地賣給政府或商人，拒絕改變生活方式。她們或緊抱大樹，或站在推土機前，用身體來阻擋山水森林受到破壞，後來發展成為全國性的保護森林運動。肯亞的綠帶運動（Green Belt Movement）也是由在地婦女自動發起的生態保護運動。

郭珍弟導演曾提到，八八風災後，寶來居民有了與自然共存的想法，不再用水泥來修築森林步道，即使需要花較多時間來維護，也寧願改用自然材質。同時他們主動調查原生植物，做植物染、捏陶、梅花酒，嘗試發展新的生態、人文觀光。這些成品也都以美麗的姿態出現在電影裡，期望它們能發揮感動人心的力量，讓遊客更願意珍惜自然之美。

寶來位於南橫公路入口，原本走商業旅遊路線，遊客們來此泡湯、唱卡拉ＯＫ，歡樂一晚，再轉往南橫。現在南橫不通了，是否能夠成功轉型為深度旅遊地區，不只業者需要轉變，發揮山豬打不死的奮鬥精神，遊客也需要定下心來，慢慢品嘗沉浸在大自然中的生活風味；享受天然的色彩、聲音，清新的空氣，輕柔的微風，友善的人和動物，學會珍惜和尊重，與萬物共生共息。而不再只是匆匆路過，留下垃圾。

山中盛產的梅花在片中是一個重要的意象，年輕一代的阿芬從前跟爸爸一起上山採梅，爸爸阿榮在風災中走了，阿芬從城市回到家鄉，和繼母阿雀合力採梅、泡酒，由阿榮的老友阿男拿到市場去賣，晶瑩芬芳的梅花酒串連起了這三個沒有血緣、姻緣關係的家人。阿榮曾經懷疑自己重病，不久於人世，私下請託單身的阿男照顧阿雀，也安排好了後事，卻不料自己並沒患上不治之症，反而死於天災，阿男也忠誠負起了守護阿雀的責任。阿芬曾經不滿爸爸、負氣離家，選擇了城市生活，倦遊後回到家鄉，自動改口叫阿雀媽媽。歷經患難後，這個重組家庭增添了新的成員：阿芬在下山路上巧遇的男友，電影也自此由黑白轉為彩色，向未來投射出更多希望和夢想。

除了人物的悲喜淬鍊，這部影片沒有掛名的主角當屬那從未現身卻被傳誦的山豬王了，山豬王奮戰不息的精神鼓舞也撫慰了心靈和生活俱受重創的居民。而那驚心動魄的土石流、斷裂的道路、倒下的樹木、整塊崩塌消失的「地產」，不僅僅是故事的背景，也活生生控訴著人類的濫墾、濫種、濫建。在感懷人情世事的悲歡離合之外，這部影片更開拓了我們的視野，帶我們進入與人類共生的其他生命，值得省思。

環海公路一三八・五

——一九九三最後的春天

良儒，在你決然離去之後，我才用心地去尋你、讀你（文章）、聽你（錄音帶），感受與你的親近和失去你的哀傷。

站在老師的位置，我為自己的遲鈍疏忽愧悔不已。若早一點聽見你、看見你，早一點主動走近你，我可有能力挽回你堅決的心意？這個看似永遠無解的問題將是縈繞終身的遺憾。

這學期你來修課，才開始和你相遇。你總是坐在第二排右邊，低著頭聽別人說話。課堂上不乏喜歡高談闊論的學生，而你卻靜默不引人注意。可是你的期中報告「女性主義的哲學性思考」卻是那樣出色，清明周詳的思路和毫不妥協的堅持：「這應該是可行且就該是這樣的。」是如此扣人心弦。讀學生的報告時，曾興起和作者們個別談談的念頭，但是課程的安排和學生的人數似乎不容許這樣的時間，再說在一個理工大學裡，通識一向被放在邊緣、隨時可替代的位置，老師和學生間多少存有互不歸屬的距離。

然而，如果我夠用心，可以早半年認識你的——從你主編的刊物。但那時我正擔任教師會會長，忙著推動大學校長遴選，為國內第一次遴選建立制度，忙得錯過了早一點看見你、愛你和關心你。事後看來，就是因為缺少一點人心的關愛和真誠，再完備的制度也難免流於人謀不臧，成為個人慾望的禁臠吧。曾經汲汲於建立完美制度的同儕們多年後看到校園的權力鬥爭是否會有諸事操之在「人」的醒悟？

失去你之後更真切感覺到，大學教育沒有比學生更重要，比人更寶貴的了，而我們的學生管理制度非但不完美，還因為圖省時、方便，偏偏漠視個人。敏感如你者，可能不焦慮、不反抗嗎？曾經在研究室拾起一張從門縫塞進來的單張，仿效「學生獎懲辦法」寫成的「教師獎懲辦法」，有意彰顯前者的荒謬可笑，後來聽說是你的作品，還有一些類似的文字，卻再也看不到了。你走前是懷著何等心情銷毀電腦中所有的存檔？不想和這荒謬的世界再有瓜葛？

回想起來，我們最可能靠近的，是你來我家借書的那次吧？你準時來按鈴，我拿書到門口，請你進來坐坐，你低著頭說：「不用了。」暮色中沒細看你的表情，也沒再留你。當時若告訴你，只我一人在家，若多邀一下，你會進門嗎？你會揭開那對好友也深鎖的心扉，允許我進入嗎？後來你的朋友告訴我，到老師家借書，對你而言是不尋常的舉動，難道你的本能——久被那超人般的理性所抑制——在試圖發出呼救的訊息，而我竟疏忽了？

你的驟然離去沒有在校園投下任何漣漪，大多數師生不知道你曾來過，也不知道你已遠離，這或許正如你所願吧？校內通訊依舊充斥著球賽得獎之類的學生消息，對於有損「校譽」和可能影響招生的事總是避之唯恐不及。另一位同學已失蹤三個月，也未引起關注。對於「常人」而言，你們只不過是統計數字中的小數點，是「個性孤僻」的適應不良者。可是我卻明白你是極其珍貴的少數，不幸的是，平庸者所設計的平庸制度卻逼使你感到無容身之地，而庸碌的我寄身於那個制度，任憑惡質教育糟蹋人，沒有積極為你這樣的學生爭取生存空間，是害怕被貼標籤，被扭曲為個人恩怨，或根本無力對抗？

有些老師說你總迴避和他們談話，我可以感受到你的心情，因為當我向同事吐露失去你的悲哀時，有人竟從技術觀點質疑你是否自殺，纏辯不休，我真的很想掉頭就走，再也不跟人說起你了。

良儒，當你佇立在環海公路一三八．五公里處的岸邊，一九九三年那個最後的春天，你有沒有想到，正因為生存是如此惘然和無助，我們才更需要你並肩奮戰啊，你何忍棄我們而去？

別人說你內向、躲避人群，可是在好友當中，我看到你活潑可愛的一面。我找你們社團來我家晚餐，請你聯絡，你高興代辦了，後來我改時間，沒說清楚，耽誤了兩星期，期間你還打電話來，絮絮叨叨訴說學校拖吊學生機車，未按規則行事，逕行罰款，說到一半，你的門鈴響了，也就掛了電話。那天晚上，你們騎機車來我家，你興致勃勃，細長的鳳眼閃著光芒，話很多，連竹筷上的金屬頭都可以議論一番。別人漸漸因事離去，你和茂良留到最後，我送你們到門口，叮嚀小心騎車。

第二天我和先生仍回味無窮地談到你，感謝你父母生出這麼優秀的兒子，談到得英才而教的快樂，他喟嘆，這麼清楚的頭腦學數學多好啊！誰料到，就在那個時刻，你已經堅定地騎上機車，迎著烈日，馳向東海岸，青春、朋友、愛情都置諸腦後，縱身躍進冰冷的海底了。

你的朋友們出奇地平靜，他們難過，卻諒解你「求仁得仁」。他們告訴我，曾經有一個暑假，你獨自到台東，計劃讓自己徹底從原有的生活消失，沒有成功，只好回來了。而這次，你顯然是下了更大的決心，不再出走，而是完全斷裂。對你們這些認真思考、認真生活的孩子而言，現實的確荒謬無奈吧。你系上的老師知道你功課好，卻不大認識常蹺課的你，更不懂為什麼名校名系的資優生居然活不下去。校方想從感情的角度找答案，看了你給女友的信件後說不像感情問題，便認定你是休學受阻而輕生，他們總想找一個自己可以理解的理由。可是，良儒，我不甘心你就這樣倏地消失了——來不及讓我抱一抱，來不及告訴你我喜歡你。回過頭去拼湊記憶，感受你的敏銳、熱情、認真、執著。良儒，你太快燃燒完自己，沒有得到應有的回饋與幫助，令身為老師的我心疼不已。為什麼失去的是如此心愛的？為什麼覺悟總是遲到？

愧惜以外，我還憤怒，憤怒在你的文章中找不到你的身體和感覺，憤怒你全盤信了西方哲學思維傳統的二分法——那些男性哲學家無償占用女性身體和勞務之後的空言，那些企圖轉化血肉之軀為烈士的誑語，果決勇敢地完成了意志和身體的分割，也因此才有效執行了卡繆所謂的「哲學性自殺」，藉由「處決自己的生命來成就自由意志以及避免異化」。

然而，親愛的良儒，你雖倡言以行動克服「異化」，可是當你與肉身對立，以超強的意志來壓抑肉體的「反叛」和痛苦時，這種與己身為敵的作法不是跟自我最大的疏離嗎？聰明如你，竟然讓「概念吃掉了生活」（你學長說他曾有此經歷），是因為你不知不覺中繼承了傳統男性積習，將生命和生活交給女人去維持，以致全心灌注於那些偉大抽象的思想，而忽略了自己的身與心？是否因為認真、執著地苦尋存在的意義，而失去了享樂和生活的能力？貧乏封閉的大學為你這樣思考活躍、感覺靈敏的孩子提供了多少活路？

抽象思想能力固然是人類極致的成就，但是若不能將自我——身體、感覺、生活融入知的過程，避免思想、感受、生活的分割決裂，又如何能統合矛盾分裂的知識，忍受生命中的衝突和無解？當我們不斷讚賞你思考的精純與意志的堅定，而沒有擁抱你的身體時，不是也在推你走向自我分裂？甚至我最先看到的你不也是提煉過的文字，而不是有血有肉的人？

我和你的好友們去你的家鄉參加葬禮，那個你試圖讓自己全然消失，不被找到，想要迴避的場面。南部的豔陽天、電子花車、穿著花俏短裙的女子樂隊、高亢尖銳的喇叭聲。你的父母坐在長板凳的兩頭，各自垂淚。我走過去，緊緊抱住他們，想擁抱你那樣。之後，他們挪近了，抱在一起，很久很久。人生或許可以這麼簡單？是我們在庸人自擾？

良儒，我在準備「女性主義知識論」單元時，心中一直想到你，想你會對這個主題有興趣，想你會有什麼反應，孰料就在打講義時，接到你的噩耗。良儒，有點怨你，為什麼不多等一等，多讀一些女性主義，多開發一些你的身體和感覺，感受人、己、物的交融？或者已經不是透過理性思考，而是需要震撼生命的感動或刺激，才能改變你。你為什麼不耐心一點，多給自己一點時間和機會，不過早下結論、太快行動？

往事已矣，追悔莫及，不過，良儒，在我們短暫的交集中，你以生命啟示了我全人教育的意義。雖然此生中不再有你的音容，不復與你切磋，但我在每個學生身上捕捉你的身影，將未及給你的愛施與他們，努力縫合他們的身與腦。慶幸我們仍活著，而且互相看到了。

山在虛無縹渺間

短暫和永恆或許只是相對的心理觀點。

哲人已逝

與甘平在交大同事六年，只有過數次短暫交談，互相到對方研究室一次，但他卻是我數十年教書生涯中永遠懷念的友人。二〇〇二年春節過後，意外在報紙角落看到甘平的惡耗，年輕傑出的交大機械系教授因重感冒住進醫院，昏迷三天，便病逝在急診室。震驚痛心之下，第一個念頭就是打電話給他的妻子玲，看看能為她做些什麼。我離開交大，便很少回新竹。一個週末下午，和先生去逛建國花市，竟然巧遇到他們全家，甘平高興地介紹他的妻子，台大的教授。正巧我們手上都提著相同顏色的雛菊小盆景，都準備種在陽台，一見如故地聊了起來。他們的兒子才三、四歲，不等介紹便叫我阿姨，拉著我的手，一口咬定我住在他家樓上，大人們說不過他，只得相視而笑。

打了幾次電話，終於接上線，電話那頭的玲不荒不亂，敏銳、理智地處理後事，令我既敬佩又心疼，和甘平真是天造地設的一對。玲說他們的朋友正在趕編紀念集，她希望儘量收集丈夫的總總，以便兒子長大後能夠認識父親。不巧第二天下班時，我在黑暗的樓梯間踩空了一級，摔了下來，受了傷，行動不便，來不及回新竹搜尋資料。告別式當天，翻開紀念集，看到朋友提供的甘平手繪的滑雪教材，那些似曾相識的機械圖形，再度讓我懷念甘平透過精準的科學所展現的人性關懷，那稀有的人文情操。

意外事件

認識甘平是在一九九六年底，當年八月底，交大研究生政一被指派幫學長做重力實驗，被突然倒下的水泥柱壓住身體，受到重傷，送到醫院時已失去了生命跡象，是典型的到院死亡（dead on arrival）。經過急救和轉院治療，恢復了意識，卻留下嚴重後遺症，三個月後仍無法行動。在最初的慌亂和探視人潮後，剩下寡母獨守台大醫院日夜照顧。但系方和校方卻宣稱他已經痊癒。十二月初，交大基督團契的老師聽到消息，擔心他往後的生活與醫療，恐怕他的家庭無法負擔，來找我商量如何幫助他活下去。

我在學校對許多事情都有些意見，大概人們想有意見的人也得負責解決一些問題吧。我曾經教過政一，也相信我的同事，但還是決定親自到他家探視一番，這時政一已出院回家，脊椎和骨盤受創嚴重，行走坐臥都困難，但政一媽媽對我們卻反應冷淡，她沒有受太多正式教育，卻是一位洞悉世事的女人，她說：「太多人來過，也都說過要幫忙，但後來都不見了。」

不過，過去探視政一的都是有行政職位的男教授，我們這次卻是自告奮勇的幾個女人。商量之下，我們感到最實際的作法是先解決燃眉的醫療與生活問題，於是決定發起募款。在校內，我們考慮到體制的層級與權責，不宜越俎代庖，於是主動到校長室及系辦公室溝通，希望由他們出面善後，我們從旁協助。走向校長室途中，我們互相提醒，要和顏悅色、不要激動。我安慰大家，我們在校已久，和上層頗有私交，再說我們的要求低微，不會有麻煩的。

畢竟我太一廂情願了，溝通之下，發現雙方的認知竟然天南地北，主管們根本不承認學生傷重未癒，主祕拿出一封政一寫的親筆感謝信，得意地說：「妳們看，他已經好了，可以寫字了。」事後我們才知道，政一被要求寫這封信時，無法坐也無法站立，卻必須忍痛執筆。我們去他系上找一位活躍於政壇、經常把社會正義掛在口上的教授，他居然說，政一做實驗取巧，意思是咎由自取。另一位則說，他家境不錯，系上給他五萬元醫療補助已經讓他賺到一輛機車了！雖然預料募款不易，這樣的反應卻是完全意外，難怪政一媽媽會如此冷淡！上級們不只反對募款，而且反過來指責我們破壞校譽，迫害同事（政一的指導教授）。

看清了政一的處境反而更堅定了我們的決心，決定不再仰賴校方，以個人名義幫他募款。

大學裡的異類女人

不久之後，交大BBS（電子布告欄系統）上出現了一批匿名信，對我們幾人大加抹黑，特別是我這個可疑的「女性主義者」，帶壞了所有人。好在一開始我就堅持所有捐款直接進入政一的帳戶，由他自行管理，我自己則領先捐了一筆不小的款項，才免於被控斂財。但謠言仍然滿天飛，支持者走避，劃清界線；朋友勸說何必淌渾水；也有人告誡我們善門難開。校園政治中原有一些眾望所歸的「正義之士」，在我們去求助時，竟然一個個拒伸援手，轉向支持高層。好在我們幾個女人（女性主義者＋佛教徒＋基督徒）久處邊緣位置，愈打壓愈堅定，運用我們的文字，透過媒體和剛興起的網路通訊向外尋求支援。台灣社會普遍存在的愛心和善念給了我們溫暖、正面的回應。我們同時在國內外尋找醫療機會，希望盡可能降低政一的永久性傷害。整體情勢的轉變將政一母子移向較為有利的發言位置，最後校務會議不得不面對事實，同意邀請政一媽媽至大會說明處境。

接下來教育良心面臨重大考驗，我們奔走呼籲，只是為了讓政一可以活下來，但政一除了身體受創，尚為流言所困，心靈受到更大的傷害，因為傳言將他的受傷塑造成投機取巧的專業疏失。他活下來後，最大的希望就是重獲清白，也就是鑑定失事原因。校務會議當天，我在會場外遠遠望著政一媽媽，她穿著一條大紅長褲、花色上衣，在我的同事陪伴下，走進著名學府的會議廳，面對滿座教授。據同事的描述，她毫不怯場，勇敢表達了兒子要求清白的願望。她說，還好政一活了下來，否則不是死無對證嗎？與會者為之動容，結果當天的校務會議決定成立調查委員會。

力學精英人文情操

基於專業需求，工學院有三位委員，甘平是其中之一，我則是校方的委員。由於是學校內部調查，委員們並不具備司法調查權，證人們也都拒絕作證，我們僅能訪問政一和事發現場的同學。甘平不僅每次會議和訪談都準時出席，而且認真地就力學專業分析研判出事的可能原因，寫成詳細的書面報告，並以手繪的可愛圖形做說明。他私下告訴我，若仔細閱讀訪談紀錄和報告，出事原因不難理解。然而像許多校內曾經發生過的事件一樣，此事拖到寒假，最後不了了之。政一辦了休學，離開傷心地。一起協助政一的同事在過程中深受打擊，感到對大學教育失望，提早退休。

在奔走此事過程中，我感受到甘平的朋友們所推崇的情深義重。我們幾個女人的無心介入破壞了學校的權力系統，揭開了原本已經掩蓋的事件，使得相關的和不相關的教授都被迫選邊，一邊是受傷的貧困學生，一邊是握有資源的校長；一邊需要看見傷勢，一邊可以視而不見。以甘平的麻省理工學院博士身分，和在半導體製程循環控制的亮眼成績，大可以選擇置身事外，全力去衝刺他的學術成果；在教授治校如火如荼、校園的資源和權力分配部分取決於人際關係時，他也可以選擇不得罪同僚。然而他卻願意對一位從未謀面的學生、一個社會底層的家庭、以及抽象的公平正義付出時間和心力，而且居然不懂得和可惡的女性主義者劃清界線。

基於愛護他的老師、同學和學校，政一放棄了重傷害的法律訴訟，選擇了校內申訴，也因而他渴求的真相始終未能大白。不過，他的犧牲和我們共同的努力也沒有完全白費。從第二年開始，國科會的研究計畫開始補助實驗室的保險費；而勞委會（二〇一四年改制勞工部）也將大專實驗室列入勞動檢查對象，必須符合勞工安全衛生法，受薪的學生、助教都視為勞工，一旦發生職業災害，雇主應負法律責任。這種種改變讓過去被忽略的實驗室安全受到重視，學生們也多了一重保障。

生命的轉角

讀著甘平的學生寫下的紀念文字，可以感受到他平日兼具嚴格與溫暖的特質，顯然是一位備受敬愛的好老師，英年早逝格外讓人不捨，也讓我感到不解與無法接受。甘平的離去使我憶起一九八二年春天因登山而意外去世的交大應數系正堂教授，同樣年輕有為，同樣充滿活力與熱情，同樣讓人無法釋懷。想起他們和其他提早離開人世的美麗靈魂，難免懷疑天理何在，努力何用？直到二〇〇七年秋天，我已經離開交大，也從公職退休了，和朋友們一起去登黃山。

黃山因為地處鋒面交會，加以群峰疊翠，溼度大，終年雲雨多霧。我們在山上三天兩夜，每天穿著黃色塑膠雨衣登高爬低，最多也只能近觀奇松異石，卻無緣一睹遠山。最後一天離去之前，仍不死心，一早登上光明頂，仍是雲霧瀰漫，什麼也看不見。突然之間，霧一點一點散去，水墨畫般的山峰一筆一筆在我們眼前勾勒成形，又在眾人的驚呼聲中，倏地消失了。這驚鴻一瞥，不僅銘刻在我心上，也似乎回答了長久以來心頭的困惑：上天派遣他的使者來提醒我們，這樣的美景雖然不易看見，卻是存在的、可能的，值得用心去追尋與等待。即便人們不得不長久生活在陰霾中，即便陽光稍縱即逝、美景乍現還消，人生仍應心存信心與盼望。

天使休假了，陽光暗淡了，就努力把自己變成那光亮的源頭吧。只要心中的光不滅、火不熄，仍有穿雲透霧的可能。親愛的天使並沒有真正離開，就像山峰從未真正消失。或許在生命的下一個轉角，他們會迎上前來，微笑著說：「對吧，你也可以如此美麗！」

綴連台灣的人

一九九六年冬天，我和同事下班以後，拿著朋友的字條，到新竹一個傳統的老市場去找一位替人修改衣物的林女士。一切未出所料，黃昏的市場空空蕩蕩，寂靜無聲，與早上的熙攘恍如兩個世界。林女士的地址是一個兩坪不到的小木棚，中間放置了兩台縫衣機，主人的年齡已經不輕，頭髮花白，正低著頭，在昏黃的燈光下趕工。

我們道明了來意，交大研究生政一在實驗室受了重傷，極需醫治，我們是黃太太介紹來收捐款的。林女士小心翼翼地取出摺疊得整整齊齊的兩萬八千元和一張名單，這是她和朋友們的捐款，她寬厚地笑著說：「聽朋友說，你們學校有需要，校長和老師的話我總是相信的。」

站在林女士低矮昏暗的工作室中，我的心情無比沉重，卻也無比欣慰。近兩個月來，我們為政一奔走，寫文章、打電話，看盡了人情冷暖，也受盡了委屈羞辱，所募得的金額僅是赴國外就醫費用的零頭。因為幫助政一，站在他和他媽媽的立場想事情、看問題，體會到弱勢的處境，也看到權勢者和攀附者的嘴臉。看到一所國立大學由資源缺乏但充滿人情味的早年，隨著資源漸豐而愈來愈重功名、輕人文，我曾經感到失望，不只對身處的環境，也對台灣的未來，不知如此功利取向會將我們引領至何方。

然而在林女士素樸的面龐上，我看到了一線希望，也恢復了一絲信心。這些年來政府的連連弊案、災禍和反覆說辭使我不再相信高高在上的官員和教授，也不再重視巧妙的辭令和優雅的外表。這些工於盤算的「上等人」給我們帶來災難、不安，反倒是很多像林女士這樣憑著一針一線默默工作、真心關懷的人綴連起台灣社會不至於崩盤。

我們雖然受到校方打壓，卻也得到校友、家長的協助，蒐集到國內外骨科的最新資料。最後發現，台灣因為車禍多，骨科醫師的手術經驗比國外醫師豐富，所以政一決定在台灣進行手術和復健。

再次遇到黃太太，她說林女士和她的朋友們又籌集了一筆捐款，那時我們已經停止募款了，於是請她送給更需要的人。政一撿回了生命，身體的重創卻永難復原，甚至多年後必須截肢。為了不願拖累別人，他打定主意獨自生活，拒絕愛情的呼喚，不過仍然通過師資考試，投入特殊教育，幫助身障年輕人，並且積極捐款助人，回饋林女士和社會的善意。

這些悄然存在的涓涓細流撫慰了受傷的心，成就了台灣社會的大愛！

看見

在學校教書的時候，我日常活動範圍大致離不開家和學校，寒暑假亦不例外。暑假中的某一天，我獨自到教職員餐廳午餐，餐廳裝潢簡單，和學生餐廳差不多，面積卻有四、五十坪大，錯落地放置著一些四人座的方桌。平日到了中午總是座無虛席，但因為是假期，用餐的人不多，相當安靜，也沒看到熟人，我便找了一張空桌坐下來。沒有多久，走進來兩位三十多歲的男教授（或者教授和友人），帶著一個小男孩，看面貌像是其中一位的兒子。

他們兩人談興甚濃，直直走到我的桌邊，看也不看我一眼，便搬動座椅，安頓小孩，坐了下來，旁若無人地繼續高聲暢談如何裝潢公寓，彷彿我是無色無味、視線可以穿透的空氣，或者是多餘的一張椅子。我環顧左右四周，發現整間餐廳雖然已經沒有空桌，但是只有一個人的餐桌卻比比皆是，只是其他各桌坐的都是男性。他們選擇與我共座，不大可能是異性相吸，因為他們根本視若無睹，但在無意識中他們還是可能因為我的性別而做了選擇：我的不具威脅的性別，我的他們習於長久忽視的性別存在。

當然這麼說未免太簡化社會現象和心理動機，人的複合身分也非僅限於性別，倘若我是校長、院長或者有權有勢的校友，例如曹興誠或施振榮，那麼他們大概就不會看不到我了，非僅他們，餐廳中所有的眼光和笑容恐怕都會投向我，那樣一來我的性別只會增加我的特殊性，而更受人矚目吧。曾經在學校的百年校慶當日，老校友興沖沖回校祝賀，卻因受到冷落而大發雷霆，雖然心情不同，期待不同，情境不同，但我們的處境卻頗為相似：個人的物質存在雖然完整無缺，在現實的生活情境中卻從固體變成了氣體，被視覺穿透，因為透過某種主觀的衡量，我們的存在不具價值，因而沒有被看見。

物件或事件的存在可能有物理或歷史的元素，但是否被行動的主體看到，則經過意識的篩選和組合。在研究生政一做實驗的受傷事件中，校方之所以將我們幾個女老師視為寇讎，採取敵對的態度，部分原因不也是事實的真相沒有被看到？政一住院數月，他的指導教授常到醫院探視，卻看不到政一真正的傷勢，看不到他家境的困難，看不到母親寸步難離的艱苦，而依自己的願望繪製了一幅即將康復的美景，這樣的結局最符合學校當局的利益和期待，立刻受到採信，因此當我們即使私下以委婉的方式指出完全相反的事實，仍然觸犯了大忌。不過政一事件的醫療層面畢竟單純，只要有心，就看得到，心到眼就會到。後來系主任親自至政一家訪察後，他個人的立場立即轉變，從為難變成支持，讓我們看到了希望。

人生的學習之旅中，學會看見是一門重要的功課，隨著境界的提升，我們學會看得更深、更遠、更敏銳、更包容，變成一個更好、更柔軟的人。台灣民間社會存在許多自發性的學習型組織，許多個人自動修行、自動學習，讓人感動，反倒是那些大量消耗政府預算的教育機構，巨額的預算啟動了貪念和競爭心，個人的視線只及於自己的研究領域和短期利害相關的人、事，即使不存心排斥異類，卻是看不到，甚至也不想看到他們，當然更談不上尊重和了解了。

一個不尊重個人、看不見差異的教育機構，無論它的設備多麼先進、研究多麼專精，有多少個五年五百億，都是危險的教育環境。如果抽離了人性的敏感、人文的情懷，聰明的學生被訓練得只會熬夜、找資料、做實驗、申請計畫，與機器相去幾何？

每年開學看見年輕、充滿憧憬的大一新生，便不禁問自己，我們將給他們什麼？他們四年以後還如此滿懷希望嗎？水泥地上那些排列整齊的小樹，種下去之後就被圈在那一方泥土之內，永無枝繁葉茂之日。這些新生是否能得到充足的養分和雨水，長成國家的棟梁呢？

二〇一〇年，我看到校長遴選委員會努力尋找一位性別、專業與過去都大不同的候選人，並且以高票選出一位與學校素無淵源的女校長，這種尋求改變與看見差異的努力，勾起了新的期望。可惜到了二〇一四年，一切又回到了原點。

無聲的吶喊

曾經在論文口試時，讀到一篇女性在職場的文章，作者用自述的方法，以自己「活生生」的體驗寫出「在血淋淋的職場的呼喚」。她曾是我班上的學生，聰明、敏銳、認真地生活和學習，卻不幸在職業選擇時進入了男性為主、極度陽剛、甚至暴力傾向的行業。我讀著她化為文字的吶喊，腦中浮現出一位敏感的女性，小心地壓縮著自己的觸角，在權力邊緣匍匐前進，每一次移動都屏息凝氣，一遍遍停下來自我檢查、自我設限，那不敢出聲的呼叫，令人窒息。

口試時，已結痂的傷疤又揭開了，淚水止不住地流下來。這樣的場景，我在性別所的口試時，不只一次見到。寫作者用盡力氣書寫，發出微弱的聲息，還得為自己選擇的非典型書寫方式辯護。在面對這種情緒的深度時，連緊握學術之尺，丈量文章規格的口試委員，也往往瞋目以對，不得不承認，在其他學科這樣的口試場景很少出現。

和學生在課堂上討論論文寫作，各人報告自己的研究過程和內容，遇到精彩、發人深省、可能創新理論的段落，大家都很興奮，繼續追問下去，想挖出那深藏核心的訊息。可是報告者卻警覺地築起了圍牆：這部分不能寫在論文裡，那部分也不能明說啊，否則我將如何面對那個團體或者那個受訪者？我以後還要做研究嗎？還要生活嗎？是的，誰不生活在這個或那個權力體系之內？衡量利害得失，作者選擇了安全自保，保持旁觀的立場記述表面的現象，與問題保持適度距離，緊守學術行規進行分析與評論。而那些活生生的資料呢？在更為接近、深入、看見之後，反而不敢說了，因為怕自己受傷，或者怕傷害對方而傷害到自己。

後來，和朋友談起自我噤聲、自我壓抑，才訝然發現面具之下眾人的經驗竟如此近似。如同性騷擾和性暴力，這種看似極為個人、極為隱密、難以啟齒的內心感受，實際上卻是非常社會化、幾乎無所不在。即使在外表看來最自由、最平等、最接受差異的地方，權力的層級化也如地底的潛流，慢慢匯聚，以某種非正式、卻具體的壓迫存在。比起結構森嚴的正式組織，可能因為處於制度之外、形式不明確、沒有條文化，其運作方式更為隱微、更難以公開反抗，受壓迫者也因而更難以言說。

即使高舉平等、正義大旗的進步團體，在社會運動中吸引了所有鎂光燈，其中的成員，也往往需要過了很久以後，才看見那些若隱若現的紅線，和那些隱身其後的大老。大老輪廓漸顯，一個大老拉拔出另一個大老或中老，中老逐漸長成大老……，串成新的權力組合。權力串高高掛起，閃耀著光芒，小人物小心翼翼地在邊緣踮著腳尖遊走，輕聲細語，或許在縫隙間氣息微弱地提出局部的修改意見，卻不敢或不想碰觸核心問題。大老的光輝在媒體照耀下，成為新的權威、新的道德象徵，甚至新的神祇。在政府體弱時，甚而可能以民主之名進入體制，凌駕公權力，驅使公務員俯首聽命。原來大老不是父權文化的專利，在人的社會裡，抗拒作大老的誘惑即使女性主義也不夠用，需要超越人性的修鍊吧？

那麼，在逃走之前，小人物可以如何抵抗權威和拒絕壓迫呢？面對強勢的、勾牢成串的大老，表達反對意見有如螳臂擋車，說與不說之間，反覆思量總是難，說了也是白說，多半只好選擇不說了。但若是說了，雖然挫折是必然的下場，仍有可能埋下一粒種子、留下一線希望？或許久旱逢甘霖，終於有一天會長出幼苗？

或許，小人物可以不需要逃走，留下來努力耕耘出另一片田地？或者選擇另一種言說方式？縱使海已枯石已爛，天地已變色，只要一息尚存，仍然勇敢地耕耘下去、繼續說下去。

威廉・福克納，美國南方的一位農夫作家、諾貝爾文學獎得主，在兩次世界大戰以後，人類隨時面對自我毀滅的恐懼之際，仍然相信，即使末日之鐘已響起，人還是可以選擇繼續說下去；人的聲息或許微弱卻永不衰竭，而更值得珍惜的，還有堅強不朽的靈魂。看看人類過去展現的勇氣、尊嚴、悲憫、犧牲、希望……吧。福克納說，作家的使命不僅存於訴說現狀，也在於提醒過去的光榮和未來的可能。是的，縱使生命如蜉蝣，靈魂的記憶仍連結過去與未來。

堅持下去吧，不要放棄自我期許！或許變換形式，但永不放棄希望。

輯三

勇闖政治叢林

不論被稱作「官場」、「衙門」或「官僚體制」，長久以來公部門給人的印象即便不是貪汙、腐敗，也是顢頇、無能、沒有效率。

可能改變嗎？可能既講求績效，又尊重個人；既有美感，又有效能嗎？

為什麼不可能？

帶著夢想和工具出發，勾畫出美麗的新世界，不可能的終將變成可能。

跳進兔子洞

英國作家路易斯．卡羅（Lewis Carroll）筆下的愛麗絲在睡夢中不小心掉到兔子洞裡，展開了一段稀奇古怪的旅程；我的大學同學則像是純潔的小白兔，不小心闖入了豺狼虎豹盤據的政治叢林，幾乎被媒體吞噬。在我的人生中也曾經有過一段意外的政治叢林之旅，只是我沒有夢遊，而豺狼虎豹在披上狼衣虎皮之前也曾經是柴米油鹽的凡人。再一細想，豺狼虎豹何辜？叢林何辜？危險的反倒是自以為萬物之靈的人類這種政治動物吧，卻反過來汙名化與我們共同在地球上討生活的其他物種。總之，我睜著雙眼走進了政治叢林，也曾被利牙緊咬、被惡毒的言語攻擊過，但只要像愛麗絲，把那些凶神惡煞的國王和王后看成是虛張聲勢的紙牌，傷口便很快癒合了。

出了政治叢林，我有了更多時間思索，是什麼樣的元素把平凡的人變成了凶惡的「豺狼虎豹」？叢林是誰的？廝殺是動物的宿命嗎？如何才能把人的政治活動變得安全、公正？

美國當代女性主義政治學者凱斯．傅格森（Kathy Ferguson）曾經從女性主義的角度分析官僚體制，在各種類型和各種層級的人際互動中總結出不變的宰制與附庸關係，她悲觀預測女性主義跟官僚體制難以並存。但是從十九世紀末期起，也一直有源源不絕的女性主義者想借助官僚體制去改變父權文化，她們跨越大西洋、橫越太平洋，聚集、組織女人的力量，去影響國際聯盟、左右聯合國和其他國際組織，形成由上而下的壓力，改變各國的父權文化，試圖將人類社會變得更平等、互相尊重、關愛。

一九九八年底，當新上任的台北市長邀請我進入他的團隊，對我說：「你們在岸上指指點點，總要親自下來操一次槳吧！」我的直覺反應是ＮＯ！無意進入充滿殺伐之氣的政治叢林。然而，幾經思索、諮詢，我略帶猶豫踏上了陌生的船，進入了未知的航域，掉進了一個陌生的兔子洞，卻也不是漫無目的的夢遊，我帶上了女性主義羅盤、睜大雙眼、豎起耳朵，想著要如何改變父權文化定位下的自己、如何改變父權社會，想知道一個只有理想和熱情作為武器的女人到底能隻身和體制周旋到什麼程度，於是我成為台灣第一個女性主義政務官。

慶幸自己在面臨人生抉擇時，總是難以抗拒好奇心，迎向挑戰。從女性主義、婦女運動、婦女研究到政府內改革，一路往前，走上一條人煙罕至的崎嶇路，固然跋山涉水、跌跌撞撞，難免有鼻青臉腫之時，卻也沿途吸收能量、飽覽奇景、結交好友，感到不虛此行。原是孤單出門，踽踽獨行，一路同伴漸多，笑語喧譁，邀請您帶著羅盤、探照燈和腦袋一同來探索政治叢林，思求改變。人越多越安全，危險的政治叢林終有一天能夠改造成為人與動物都安全的樂園，至少，我們可以朝這個方向邁進。

生之慾

日本導演黑澤明的《生之慾》，一九五二年的黑白片，一位小公務員的故事，我一九七〇年代在美國留學時第一次看到，留下難忘的印象。回國後，每次向友人提起這部片子，都得不到什麼反應。

二十多年以後，我自己進了台北市政府，不但成為公務員，還負責公務員的訓練。

黑澤明和他的故事盤旋心頭，小人物在困頓中勇往直前、堅持築夢的勇氣不正是當下公務文化所欠缺的嗎？於是我忍不住效法執劍的唐吉訶德，在機關刊物《公訓報導》上提到黑澤明半世紀前的電影《生之慾》。那篇文章的主題原是我們正在努力推動的「全面品質管理」：激發每一個人的潛力，尊重每一分創意，透過團隊合作的方法，提升工作品質和生活品質。我始終相信，人是組織最珍貴的資產。

電影的主角渡邊是一位平凡不過的公務員，在東京市政府工作了三十多年，同仁眼中的老課長。他每天面無表情伏首案頭，批公文、蓋章，從早忙到晚，卻成就不了什麼大事，背地裡屬下偷偷給他取了「木乃伊」的綽號。

一天，他突然發現自己得了胃癌，只剩下半年生命，獨自傷心地哭了，不是害怕死亡，而是回想起來，自己竟然從來沒有好好生活過。往事一幕幕重現眼前：新婚、喪妻、拒絕再婚，去看獨子光男打棒球，向其他家長炫耀那是自己的兒子；帶光男去割盲腸，安慰他不要害怕；送光男去當兵，依依不捨。而如今兒子卻粗暴冷淡，和媳婦一心一意計劃要用他的退休金去蓋新房子，時時窺伺他的行動，深怕他多花一分錢。

心灰意冷之餘，渡邊決意痛快度過所剩無多的餘生，花掉自己一生辛苦的積蓄。可是無論是去喝酒、跳舞，或者去糾纏已經離職的年輕女同事，都顯得那麼格格不入，遭人側目。終於，他決定在生命結束之前，至少要做一件讓自己滿意、感到有價值的事。他回到自己所熟悉的公文堆，從當中拾起一個被各部門推來推去的人民陳情案：把一條廢棄的臭水溝改建成兒童樂園。

他決心把這件事當成餘生最重要的工作來做，卯足了勁，親自辦文，親自送件，不讓承辦人有機會踢皮球，甚至冒著被革職的危險，帶著市民向市政府陳情請願。市長被他煩透了，皺著眉、心不甘情不願地簽字批准。接下來他又穿梭工地，親自監工，對抗一切阻力，工程終於沒有延宕、如期完成了。這天，他獨自來到公園，心滿意足地哼著日本民謠〈生命如此短促〉，在天色漸暗的雨中盪著鞦韆。

不論別人如何看待他的改變，他感到不虛此生，死而無憾。

黑澤明採用倒敘的手法，在他的喪禮中，同事們分別回憶起渡邊最後幾個月的改變，拼湊成了這個故事。

雨中鞦韆的最後場景深植我心，成為我對這部影片的永恆記憶，因此我在文章中寫道：死神的到來往往逼使我們回顧此生，卻可能為時已晚，因而多少生命便在渾噩中虛度，尚未嘗到生之豐盈、甘美，便已面臨結束，甚至連悔恨的餘地也沒有。公務員生涯雖是鐵飯碗，卻也可能因為穩定而缺乏創新的動力，使得生活流於重複、停滯。黑澤明導演半世紀前的名作捕捉到了這份無奈，但也同時點燃了生命的慾望，賦予公務員新的動能。

過了一段時間，我在交通大學的昔日同事，後來做了元智大學總務長的尤克強教授來找我合作辦理訓練。尤教授竟然讀過而且記得我的那篇文章，他提醒我說：黑澤明的影片其實並沒有停留在這樣天真的樂觀中。《生之慾》接下來是這樣終結的：渡邊的一位同事在他喪禮上深深受到感動，含著熱淚高呼要效法渡邊。可是第二天他升官了，接任遺缺，成為新的市民課課長，沒有多久就變得和悔悟前的渡邊課長一模一樣，奉行著官僚主義，庸庸碌碌，毫無作為。

其他同事眼見新課長言行不一，也只能沉默服從，不敢置一詞，彷彿什麼事都沒有發生過。日子又回到原來的軌跡。

研究管理學的尤教授說，大部分人縱然對權力的壓迫不滿，但是顧念自己的利益而缺乏抗爭的勇氣，只有在陷入絕境時才會像渡邊那樣奮力一搏。而那些不計成敗、勇於挑戰體制的少數異類則大多以悲劇收場。黑澤明敘述了人性如何反省、昇華，卻最終仍舊屈服於官僚主義，反映了生命的無力感，整部影片深沉地表達了黑澤明對人性的徹悟和憐憫。

人生陰晴起伏，永難預料。有趣的是，面對晦暗，每個人選擇了不同的記憶和解讀。雖然無法知道，過了明天，世界會變成什麼樣子，但選擇性地記住邋鞦韆時的心滿意足，才給了我屢次面對困難，樂觀以對的勇氣吧！

過了很多年，瀏覽 Google，居然搜尋到了許多《生之慾》的精彩討論，令我喜出望外。在生命的潮起潮落間，渡邊已去、黑澤明已去、甚至屢換事業跑道、充滿創意的尤克強教授也英年早逝了。半個多世紀以來，人性沒有太大的改變，人類所設計的制度也不過換了新的包裝和新的演員，或許正因為如此，這部沒有色彩的老片子仍然扣人心弦，感動著期望改變的人們，願意繼續在滿布失望和不幸的人生道路上，鍥而不捨地尋覓生命的價值與義意。就是在這樣一棒接一棒探尋究竟、渴望光明的執著中，埋藏著改變的契機吧。

改變成真

我可以在卅秒內改變一個團隊，只要告訴團隊從今天開始的新遊戲規則，若下屬不能改變，那就找能改變的人來做事，不要跟柯文哲比意志力。

——柯文哲

我比柯文哲早幾屆進入台北市政府，只不過我不是市長，而是一個單位的首長，柯P的改變成真是未來式，而我的則是完成式。

我的前半生，幾乎都待在校園裡，從事婦運，偏向於觀念的探討、理論的研究。直到婦女新知基金會發生家變，內部衝突越演越烈，不可收拾，我臨危受命，接任董事長，處理紛爭。組織治理和人性奧祕引發了我對管理理論和實務的興趣。接下來進入台北市政府，成為政務官，從公務人員訓練中心（處）到社會局，面對不同層次的治理和更為複雜的行政事務。

我孑然一身轉換跑道，沒有班底，沒有背景，面對陌生的業務，戰戰兢兢；但也因為沒有包袱、不受困於舊有思考模式，可以用全新的觀點來看複雜的老問題。我發現，若放下私念，用心了解業務，以公共利益為考量，做決策可以簡單很多。大家都說，我很幸運，第一站是小單位，業務單純。但小衙門卻有人員老大的沉痾，上任第一週，就碰上廚工在廚房打架，鬧得不可開交。可別小看工友，他們比我資深太多，背後的人際關係和輩分錯綜複雜，職位雖低，影響力可能大過小主管，一個也得罪不起。大家對我這樣的菜鳥公務員多少抱著看笑話的心情，鐵打的衙門，流水的官，官場沉浮，他們全看在眼裡。

打破慣性

根據牛頓定律，任何物體都有慣性，若沒有外力，靜者恆靜，動者恆動，人亦是如此，安於慣性，抗拒改變。改變現狀一定會面臨困阻，女性主義和官僚體制天生衝突，要如何去創造改變呢？

凡事起頭難，觀念的鴻溝、僵化的制度、固著的行為，從何下手？舉例而言，政府的預算年年緊縮，但花錢的方式卻一成不變，所有設備都訂有汰換年限，年限到了就依照原樣買新的，從不考慮是否必要，以免預算執行不力，受到懲處。政府的預算必須通過議會審查才能動用，議員質詢時口口聲聲要求零基預算（從頭檢討），但到了審查預算時，卻總是按照往例先通過例行的預算，或者來個全面打折，唯獨碰到新預算時一定緊盯不放，他們完全忘了浪費打折後仍然是浪費。監察機關不考慮成本用心抓錯，挑些容易量化的小事吹毛求疵，也毫無誘因調查怠惰和浪費，因此制度性養成「多做多錯，不做不錯」的心態。走馬上任後，我仰望著衙門的銅牆鐵壁，一籌莫展。主管會議上，重複的討論隨著時鐘滴答似乎永遠走不到盡頭，同仁最後總是不耐地說：「這就是規定啊！」要不就雙手一攤，嘆口氣：「莫可能啊！」沒想到我居然不死心，打破沙鍋問到底：「誰的規定？」有一次答案居然是「上一位主任」，於是我眼前一亮，曙光乍現，上一任可以訂，不就意味著這一任可以改嗎？

改變從視覺開始

但是如何讓大家相信改變是可能的？我決定先讓他們看得到。找來找去，終找到了突破點。我們辦首長班，要求過夜，大家卻抱怨連連，說像是住在醫院。這事啟發了靈感，就從宿舍開始！我去其他單位參觀，發現公家宿舍長得都差不多，單薄的米色窗簾遮不住陽光、也擋不住路燈；深灰色磨石子地、白床單、白牆、白日光燈，慘白無色，難怪像醫院。政府和民間業者在長期互動中，早已累積了刻板印象，形成了超低的「政府標準」。我曾經收到一份現代感的桌曆，大為驚豔，輾轉找到了設計師，請他設計中心的刊物，他拿出來的封面樣張居然是機關照片，與桌曆天差地別。另一次我親自挑選宿舍床單，廠商拿來老舊發黃的樣本。他們的回答竟然都是：「這是給公家機關的啊！」

我下定決心要由外到內改變公家機關。固然預算有限，可是憑藉創意仍可營造不同的氣氛，或許這就是一個改變的契機：從視覺經驗上創造全新的感受，證明改變是可能的，是值得追求的。

臨時來幫忙的約聘研究員楊志彬找了藝術系老師來協助規劃，沒錢買新家具，但可以挪動桌椅，調整起居室動線，增加視覺的協調感；接著，將各樓層分別漆上用心調配的顏色，展現視覺上的美感。

沒想到油漆工作的分配也能掀起波濤，明明是上班時間，技工們仍要求加班費，而且越是漫不經心、粗製濫造的報的時數越多，我初上任，為安定人心，只得接受勒索。但要求漆得不好的必須重漆一遍。後來一面鼓勵優退，一面進行組織文化改造及任務編組、發放績效獎金，生產力終於大為提升。牆壁漆得漂亮，搭配上同色系不透光的花布窗簾，換上柔和的光源、綠色盆栽，整個空間變得溫馨舒適。同仁們私下結伴去看，竊竊私語：不可能變成可能了。

改革的道路從不平坦，但跨出了一小步之後，步調就越來越快了。

奔騰的快感

美感看得到，也開啟了創造的動力，接著我調整了主管。公務單位為了避免紛爭，常採用明升暗降的方式，將不適任的主管升到一個非主管的更高位置，但在小單位，沒有那麼多閒缺，只得降級。為此其中一位威脅我說，他任要職的叔叔要去找議員來修理我。不過因為我私下對他頗為照顧，所以後來還算平靜，同仁們開始在不同的領域主動創新求變。台灣四季如春，我卻感覺像熬過了一個酷寒的冬季，終於等到積雪漸融，嫩綠的新芽探出頭來。新組長帶領總務組同仁到處找事做，首先進行餐廳外包，規劃用餐動線、改變布置、設計多元化選擇；接下來將閒置的電腦及語言教室整修成多功能教室。

機會永遠眷顧有準備的人，整修到了一個階段，正好司法人員訓練中心需要場所，向我們租下整層樓，市府祕書長陳裕璋嫻熟法規，協助我議到了一個好價錢，使得我們的歲入大增。接著推動全面ｅ化和市府所有單位的全面品質管理；創設客服中心；規劃出國遊學課程……。並且違反行政慣例，主動出擊，爭取主辦網路大學，市府的主計和人事懷疑我想藉機要錢要人，緊緊守住荷包，繃著面孔反對。沒想到我阿沙力地保證零預算、零編制，才終於點頭。於是和民間業者策略聯盟，成立了台北 e 大，十年後多次得到世界性的數位學習、人力資源發展大獎。每一個新方案都突破了公務體系的成規，創造出政府、市民、業者多贏的局面。

接著我回過頭來處理一些小問題。我的前任在園區養了幾隻羊，用意在放羊吃草，減少剪草人力。沒料到羊到處留下排泄物，不但仍然需要餵養，也常有工友藉口照顧羊而失去了蹤影，但是羊不能動，因為已經成了同仁的寵物。改革有成，在人氣可用的情況下，我們找到了一家民間機構，對方切結不殺羊，才把牠們送出去養老，終結羊患。

自發的能量一旦開發，團隊奔騰，充滿成就感，後來我安慰主管們慢慢來，不必急在一時，卻是始料未及的。

績效不必是禁忌

女性主義者常談平等，卻不愛談績效，左派則把績效看作資本主義流毒，壓榨勞力的工具；可是若將績效看作資源的公平合理分配、工作流程和工作目標的合理化，則是所有機構生存發展的必要條件。追求公平的工作條件時，怎能不衡量績效？在公務體系的大鍋飯文化裡，「成本」和「效率」都落到最不顯眼的角落，但對於長期在民間做義工的我來說，成本和效率卻是生存要件。檢討每一項業務的成本效益、流程、方法……，到處都充滿了改革的契機，因而動力十足。看到績效不斷攀升、計算每一塊省下和賺進的公帑，比數自己口袋裡的鈔票還要令人滿足，這就是成就感。

集合眾人的心力，將不可能變為可能，讓改變成真，大家一起分享成就感，這是公務體系最艱鉅的挑戰，也是最大的吸引力。但真正的改變是不可能在三十秒內發生的。

武崗的春天

人類歷史上最驚心動魄的天災人禍莫過於瘟疫了，死亡人數動輒以萬、數十萬計，改變了多少家庭的命運和國家的存亡。就連莎士比亞名劇中兩小無猜的羅密歐和茱麗葉，也因為信差路過發生黑死病的城鎮，受到疾病管制單位隔離，而陰錯陽差，雙雙殉命，鑄成千古悲劇。

瘟疫造成的恐慌起因於對病因無知、治療無方而形成之大量死亡。歐洲黑死病盛行之後，數百年來，即使歷經科學革命、理性主義，人類在面臨不可知的危機時，科學束手無策，理性也從窗口飛走了，隨之而去的還有人權，那最易被操弄的政治口號。每當疫疾流行，整個社會的思考邏輯和行為模式便退回到中古世紀：謠言四起、隔離可疑者、歧視邊緣弱勢人士，在歐洲首當其衝的便是猶太人、吉普賽人、外地人、痲瘋病人……，翻看歷史，猶太人聚集的社區曾數度因此被消滅。

我接任台北市社會局長未滿百日，便遭逢 SARS 對這個城市無情的攻擊。二〇〇三年春，令人不解的「神祕肺炎」、「非典型肺炎」從廣州、河內、香港蔓延全球，猶如現代版的黑死病，人人談之色變。媒體上每天出現新的感染地區、新的死亡人數統計，台北也很快受到波及。

現代空中運輸加速了傳染速度，亞、澳、歐、美各洲相繼淪陷。新病種傳染性強、致死率高，出現家族和醫護人員集體感染的可怕案件，還有前所未聞、傳染力特強的所謂超級傳染者。一夕之間，消毒藥水缺貨、口罩搶購一空，公共場所架設起體溫量測器，強迫量體溫，網路上流傳著詭異的訊息，離譜到病毒可以透過網路遠距傳染。三月下旬，SARS這個名詞出現，人們才逐漸了解這是一種變異的病毒，飛沫傳染，在病人發病以後，或發病前一、兩天，與病人近距離接觸，才會被感染。

即便處於危難中，台灣的媒體仍為了炒短線求生存互相抄襲、互拚驚聳。SARS從報紙的社會版擴散到生活版、政治版，蓋過了所有新聞。政客也不甘沉寂，利用危機自我吹噓，衛生署突然變得很有效率，大張旗鼓召開了一場國際研討會，宣揚我國疫情控制良好，可為國際典範。不料兩天後台北和平醫院就爆發了集體染病。隔天中午中央政府突然下令封院，醫護人員、病患、家屬和正在抄捷徑、穿過醫院大廳去覓食午餐的眾多路人就此被隔離在院內，與外界隔絕，總數超過千人。於是謠言四起，全台陷入恐慌。

社會局不像衛生局站在抗煞第一線，卻負責善後，必須同時在許多發生事故的據點日夜輪班，提供服務和物資。和平醫院一位超級傳染者洗衣工病故了，他的妻子不再自我隔離，到醫院門口傷心哭鬧，和服務人員拉拉扯扯，眼淚鼻涕飛沫四濺。當時有幾個善心團體正在附近服務，嚇得不知所措，自此全部撤離，消失了蹤影。留守街頭的最後只剩下社會局和基督教救世軍，公務員像軍人一樣，有不容怠忽的職責，特別是在危難時期。我和主祕到各據點探視同仁，也不知該如何自我防護，胡亂往身上噴灑一點藥用酒精便上場了。

萬華區的兩家醫院、一棟國宅相繼淪陷。地緣相近，傳染途徑不明，弄得風聲鶴唳，草木皆兵，人們開始向社會底層的邊緣族群去尋找代罪羔羊。萬華屬於老社區，區內龍山寺經常有信眾布施祭品，豐富的食物吸引遊民聚集。遊民們居無定所，常出入醫院，吹冷氣、上廁所、洗澡，發展出自己的生活模式。媒體這時發揮了指導政策的功能，把矛頭全指向遊民，雖然毫無證據，卻稱他們是「不定時炸彈」，應當全部「集中管理」。一位電視名嘴指控，沒有將遊民關起來是政府無能的表現。市府長官於是直接下令行動，邏輯雖不清楚，道理卻簡單：「要犧牲三百位遊民，還是犧牲全台灣兩千三百萬人？」一時之間，遊民變成了人民公敵，被指定執行命令的竟然是在法律上有責任保護遊民的社會局。

一旦以為找到了「元凶」，「集中安置遊民」立即成了所有媒體口徑一致的訴求。

台灣的媒體本來就不用功，這時更無人追究遊民和SARS的真正關聯，社會歧視則趁此良機毫無忌憚找到了出口，人們期望遊民自此消聲匿跡。於是有人看到自己不喜歡、在街頭遊蕩的人就打電話到社會局，理直氣壯地要求我們「抓遊民」。集體恐懼感給了這些人掃除異己最正當的藉口，他們自以為站在正義的一方，所以施暴於人不需要理由。台灣經歷了各式社會運動，人權口號可以朗朗上口，人性卻終究禁不起試鍊。

有兩名遊民發燒送醫了，但並未證明感染了SARS，也沒有證據顯示遊民傳染了SARS給別人，就是疑似感染的一兩位也只是在住院期間被傳染的受害者。然而，社會公義早就消匿無蹤了。不過在當時，萬華的確是台北市遊民的最大集中地，我們也無法確定他們是否直接接觸過患者，只得配合命令，在已有的收容所之外，儘快再找地方安置，趁著每天為遊民量體溫及供餐的機會勸導他們暫時住進新地方。好在幾位優秀的社工長期做遊民工作，獲得了信任。同時我們也盡量保護遊民的隱私，避免被守候在外的媒體無情地消費。

市府各局處通力合作，找到了位於北投半山腰上廢棄的武崗營區，快速消毒、鋤草、整修，還細心規劃了花圃。完工之後，上有濃蔭大樹、四周花草爭豔，遠眺台北盆地，天氣晴朗的話，可以看見一〇一大樓，夜晚則星月為伴，蟲鳴蛙叫，儼然世外桃源。同仁們排班上山，用心規劃三餐和活動，讓遊民自任幹部，自我管理，整理花草、替大家理髮、清潔環境，其中幾位後來有了固定的工作，成為社區清潔員，但大多數還是決定一旦危機解除，要回到原來的流浪生活，遠離社會束縛。

在危機四伏的世界，偶爾的平靜只容短暫喘息。風和日麗下，狂風驟雨伺機待發。武崗營區開張當夜，國內外媒體架好了攝影機，虎視眈眈守候大門外。已經等待很久了，他們多麼渴望捕捉到政府抓遊民、遊民反抗的衝突場景，一遍一遍傳送到家戶的客廳，滿足人們嗜血的觀賞需求，衝高收視率。同仁們好不容易將遊民們溫言好語勸上山來，安頓進新房舍，再準備下山去進行另一波勸進。由於生活條件差，遊民當中身心疾病的比例很高，到了晚上十點多鐘，一位患有精神病的遊民竟然在他的獨居房中用暗藏的打火機點燃衣服。紅色的火焰竄出了窗戶，幸而眾多同仁正在為晚上的任務忙進忙出，及時發現火光，消弭了一場可怕的災難。

也幸好及早發生此事，上級長官不再逼迫我們將多人房的鋪位換成雙層床，容納更多遊民。讓不討喜的遊民立即從馬路上消失可以迎合社會觀感，提升支持度，但在疫疾流行時將高危險群集中居住在狹小的空間內，只會平添交叉感染的機會，這是犧牲他們的作法，也是我極力抗拒的。只是這樣做太不政治正確，也讓我的長官不悅。

萬華一位遊民聽說了武崗傳奇，走了兩個多小時上山投奔，成為市長在公開場合津津樂道的插曲。排班到山上工作的同仁因為長時間相處，花前月下，發展出武崗戀情，傳為佳話。一位同仁自拍生活紀錄片，加上配樂，成為事後美好的回憶。端午節將近，民間團體送來粽子和零食，我們在大樹下辦卡拉ＯＫ歌唱大賽和舞會，遊民朋友接唱出遊走江湖的滄桑，格外感人。

在淒冷的冬雨和炎夏的驕陽之間，台灣的春天通常來去匆匆，轉眼即逝。然而，那年的春天卻遙無盡期，人們盼望夏天的高溫來扼制病毒，夏卻步履蹣跚。終於有一天，時光帶走了恩怨，也帶走了病毒，SARS成為歷史，生活回到常軌，武崗也被軍方收回了。一晚，我和同仁夜訪遊民棲息地，在龍山寺前碰到一位前武崗同學，正與女友並肩逛街，大家熱烈打招呼，有如故友重逢。

社工們不忘初衷，為遊民辦了一份《台北平安報》，Ａ４大小、黑白影印，提供有用的資訊，也讓他們發揮編採才能，報上的插圖便是出自遊民泊仔之手，他定期將街頭生活畫成四格漫畫，與街友共享。武崗的自治精神藉著這份薄薄的刊物存續了下來。這個世界則在各種新舊病毒的到訪中繼續接受考驗，考驗我們如何預防流行病、如何消除歧視和偏見、如何不再夜郎自大。

都市的漂泊者

晚春的東京早晨，灰暗的天空中飄著細雨。向旅館櫃台探詢如何到代代木公園，年輕的帥哥以為聽錯了，代代木？公園？你要去公園？是的，我想去看遊民。

還好，只要換一次地鐵就到了，下車後走了一大段上坡路，找到了公園入口。鐵柵欄旁站滿了撐著雨傘的男人（女人到那兒去了？），年齡看來在四十到六十之間，僅有少數年輕人。三三兩兩靠著鐵柵站著，灰色或黑色的背包掛在欄柵上，聊天、喝飲料、或只是獨自沉默著。黃膚的日本人中間點綴著兩三個棕髮的白人，是遊民國際交流？還是研究者？還是介於二者之間？

雨中的公園幾無遊人，繞了一圈，在小丘陵的樹叢中隱約看到一片深藍。沿著坡道走上去，原來是一個接一個的塑膠帳篷，大小高低，總共數十個，有的經過精心整理，前面放著遮陽傘、腳踏車，帳篷上開著氣窗；也有的簡單潦草，低矮僅可容身，看來遊民之間也有階級貧富之別。不過全部清一色的藍，連「戶外」堆放的「財物」也用藍色塑膠布蓋著。除了一兩人留守，帳篷都空著，主人大概都到公園門口去了。

這是我在東京三天的最後半天，總惦記著每個都市邊緣的這樣一群人，他們如何生活？如何被對待？即使言語不通，也想去看一看。

在台北市社會局服務期間，開始認識遊民，特別是在 SARS 風聲鶴唳之際，社會急欲尋找替罪羔羊，以為只要把那些四處趴趴走的流浪者關起來，就可以消滅疫情了。當時我想，要是社會局長不站在他們這邊，還有誰呢？後來終於證明，遊民也只是 SARS 的受害者，不是傳播者，卻已失去了新聞性。從那時，我對這些棲息於社會最底層的人就存有一份牽掛。到每一個城市都想尋找他們的蹤影。

在台北市飄泊的遊民數以百計，各有自己的故事和人生的選擇。泊仔是曾經接受我們照顧的一位，同仁在火車站發現他，帶了回來，當時的他歷盡滄桑、退縮寡言。有些遊民飄蕩成性，來了又去了，而他卻選擇了留下，在社工的循循善誘下逐漸展現才華，也讓我們知道了他的故事。原來他曾是一位小有名氣的漫畫家，曾改編武俠小說，出版漫畫集，著名的皇冠出版社曾為他出版《蜀山劍俠》，銷路不錯。只是，時代無情，電腦興起後，他因為用筆墨作畫，速度不及電腦，而遭到淘汰，最終失去了生計，流落街頭。為了幫他重建自信，同仁們替他找到以工代賑的工作，代他租房子，還為他在社服中心擺了一張辦公桌，讓他可以安心作畫，我也送了他一些畫具。我部落格首頁那幅騎腳踏車的漫畫就是他在那張辦公桌上完成的。他不只重拾了畫筆，也接受媒體訪問，在面對麥克風時不再閃躲，可以侃侃而談了。泊仔很大方，有了收入之後，喜歡買零食請客。

我離開社會局時，泊仔又畫了一幅畫，我乘著白鳥，他在下面邁著大步，背景天空上灑了許多紅色的心和跳躍的音符；另一位遊民則親手為這幅畫做了木框。在歡送會上，他們兩位穿著不十分合身的深色西裝，在同仁的歡呼聲中，大方走過閃光燈，走上舞台，送上禮物，那是我終身難忘的真情時刻，感到所有的努力都是如此值得。

從東京回來後，我迫不及待打電話給曾經一起夜訪遊民的小童，打聽泊仔近況。小童說，泊仔胃出血去世了，運生（綽號遊民教父的社工同仁）一直陪伴他到最後，他住院期間，精神和身體狀況都不好，有被迫害妄想。泊仔是台南人，一生未婚，被世界遺忘的本名叫傅杰。

生命帶著不同的功課來到世間，以各自的步調走這趟最終注定孤獨的旅程。偶爾，在短暫的相遇中交換了一個眼神、一抹微笑、一份好意，而瞥見了彼此的靈魂，留下難以抹滅的印記。

我只是眼睛看不見

你沒有權利保持沉默：按摩政治

有些事情大家都覺得對，但是你就是不能說，可是你也不能不說。
我們的政治到底出了什麼問題？

引人入罪的法律

二〇〇三年九月，內政部長余政憲接受廠商招待，到理容院按摩，成為頭條新聞，他公開鞠躬道歉。部長坦承，他有用推拿紓壓的習慣，出錢的老闆是好友，不涉及內政部業務。

此案卻野火般燒了起來，內政部是第一大部，部長接受廠商招待，是否違法或違反行政倫理？其次部長找明眼人按摩是以身犯法。身心障礙者保護法將按摩工作保留給盲人，禁止明眼人按摩。內政部是此法的主管機關，部長犯法，不僅觸犯了視障按摩業者的權益，也給予政敵撻伐的機會。

窮與盲，誰才是弱勢？

按摩，這個年產值數十億的行業，由於工時長、工作辛苦，以社會底層的女性和競爭力較弱的視障者為主力。然而全國領有執照的盲人僅兩千多位，其他數十萬從業者皆為明眼人，非法營業的方式非常普遍，造成政府管理上的困難。

一九九七年身心障礙者保護法修法期間，為了是否要處罰明眼按摩人，攻防激烈。坎坷的邊緣女子對上視障者，雙方都需要工作來維持生計。當時的婦運因此分為兩派，婦女新知基金會常務董事王如玄律師支持按摩女，因為她們多是婚姻受害者，再者，禁止明眼人按摩，只會將之地下化，造成更多社會問題。

殘障聯盟理事曹愛蘭亦曾為婦女新知成員，她問，單親中年婦女與視障者比較，誰轉行的可能性比較大？誰能從事的行業比較多？且視障者中也有一半是弱勢婦女。若真要幫助按摩女，應加強職業訓練和就業輔導，不要讓她們在色情邊緣的按摩業中受到二次傷害。婦女新知一位大老號召大家去立法院和國民黨部示威，保護盲人工作權。我問她弱勢婦女的工作權該如何保護，她說女人比起盲人仍占優勢，我相信這和當時的政治氣氛不無關係。

破綻百出的法律與政府分工

法律受到政治玩弄，下場便是破綻百出。全面禁止明眼人按摩在實務上不可行，只得在條文間動手腳：只罰業者和從業人員，不罰客人。這還不夠，衛生署將腳底按摩、指壓、推拿、頸部以上美容按摩等皆列為「民俗療法」，卻不將之列入醫療行為，所以不以醫師法規範，就不必負管理之責；另一方面，既屬治療，社政單位視之為醫療行為，也自認管不著。於是，按摩成了無人管轄的灰色地帶，明眼人得到了民俗療法的護身符，可以既不合法也不非法從事按摩。

錯亂的法律到了執行階段就圖窮匕見。就業保障在地方屬於勞工局管轄，不幸過去台北市勞工局有一位能言善辯的局長，大家都怕他三分，他將稽查按摩的業務推給了社會局。我上任後，發現社會局沒有勞工局的勞動檢察權，也沒有警察局的搜索權，很難執行稽查工作，於是協商新局長，將業務歸還勞工局。可是我的科長卻說，同仁才調過來，現在調回去太傷感情，可否滿一年後再調整，我同意了，沒想到不久即發生了余案，一念之仁，把自己變成了受害者。

話說回來，社會局固然少了法律權責，難以主動稽查，即使有人檢舉，也往往因時間差，而錯失時效，所以真正現場查獲、符合開罰條件的個案很少。許多業者即使當場被逮，拿到罰單，也常以民俗治療為名，訴願成功，免繳罰款，所有辛苦的執法都化為泡沫。

法律雖禁止，坊間整脊、按摩、推拿、指壓等行業卻方興未艾，普遍由明眼人服務，甚至連主管的部長都忘了這條法律，也忘了他的政黨曾為此走上街頭，獲得選票。若他懂法玩法，只要說是因為治療酸痛去按摩，就不致給自己和別人惹上那麼多麻煩了。

政治無情

余案爆發後，台北市親民黨議員見獵心喜，召集媒體，要求主管科長陪同，聲勢浩蕩進軍部長光顧的理容院，科長按照程序處理，沒有當場開單，與議員僵持，成為新聞事件。

當時我正逢喪親，從小撫育我們的外婆病逝，我是長孫女，也是在台唯一親屬，請了兩天喪假，挑起所有喪葬工作。家人陸續回國，我們選擇低調的葬禮，只通知至親好友，舉行簡單的儀式。外婆雖然思想開通，仍無法接受火葬，我們將她送至林口的墓園，棺木剛放入土中，我就接到了長官的電話，責備我未親自上火線開罰單，要我「立即停止休假，回去上班。」在我回去之前，新聞處長吳育昇就已經下令社會局科長開出罰單了。為了沒能親上火線，我在市議會和市政會議都慘遭修理，成為炮火下的「爐主」。

風暴中的理性

按摩事件並未就此落幕。議會的總質詢通常是議員的秀場，所有重大演出都選擇在媒體雲集的總質詢。委員會則因為分組進行業務報告，人數較少、時間較長，議員們會收斂表演，平和交換意見，有些認真的議員甚至願意深入討論問題。

按摩事件喧擾一週後，漸近尾聲。民政委員會業務報告討論結束了，新黨議員李慶元突然想到問我視障按摩，他說世界各地都允許明眼人按摩，詢問列席官員是否到過泰國，七人舉手，五人接受過明眼人按摩。李議員主張開放明眼人按摩，但同時保障盲人，可規定明、盲比例；或要求全部僱用明眼人的業者繳代金，來保障盲人權益。

我同意他的基本看法，告訴他全國領有證照的視障按摩師只有兩千多，台北市不到一千，市場需求則是此人數的數十倍，所以實際上從事按摩的大部分為明眼人，有些場所如上海浴池，地上溼滑，亦不適合視障者工作。目前世界上很少國家將某一種行業保留給某一類人口，形成職業歧視。對視障者較好的照顧應是減少他們生活、學習和就業障礙，讓他們在許多行業中都能得到與明眼人同樣的發展機會，不致落得只有按摩一途。而協助視障者自由學習和行動這件事本身就可以提供創業和就業的機會。

政府可以做的是一方面提升視障按摩者的競爭力和管理能力；另一方面以特別稅收方式要求非視障業者付費，用於協助視障者在自己有興趣的領域學習、發展。許多業者其實願意付費來取得合法經營權，避免非法營業的困擾；而大多數按摩工作者亦屬經濟弱勢，需要合法工作。台灣按摩技術是珍貴的文化資產，若能結合中醫和民俗醫學，發揚光大，必可提升國際競爭力。只要我們肯用心，取消按摩禁制令非但不會打壓視障者，反而可以創造政府、盲人和明眼人互利多贏的局面。不過，在我們能確實照顧好盲人之前，目前仍應執行現有的法律。

媒體打劫

說完之後，有記者和議員走過來，對我的就事論事、不官樣文章、不打太極拳，表達敬佩。然而和媒體打交道，官員的處境實則不如警匪片中的匪類：你不可以保持沉默，你說的任何一句話都可以單獨挑出來變成對你不利的指控。《聯合報》的記者對我的說明做了相當完整的報導，但編輯卻按上了「北市社局長：明眼人按摩不應禁止」的聳動標題，引起盲人業者和反余陣線的不滿，我的上司看了報紙更為不悅。

我覺得有必要直接溝通，於是召開視障團體和專家會議。一位開按摩院的業者完全排斥明眼人；但也有業者願意接受輔導，提升競爭力。我問盲人是否願意只從事這一種行業，排除其他職業選項？是否對人生還懷有夢想？是否想要從人生得到更多？要是有一天，我看不見了，很難想像自己願意以按摩為生。討論到最後，放下情緒性的攻擊，我們的答案其實頗為一致：政府應該做的不是將盲人的世界局限在狹窄的按摩室，而是為他們開拓廣闊的職業選項。

這場討論會，在余政憲事件餘波盪漾之際，媒體當然有興趣。但我提出了採訪條件：記者若要採訪，必須從頭聽到尾，不可中途離席，以免報導不完整。因為我預料，一定會經過劇烈的衝突才可能達到共識，若媒體只參與前面的三十分鐘，報導一定聳動偏頗。結果沒有一位記者出席。

然而，我的視障同仁仍然提醒我，雖然我的觀點沒錯，但是現在時機不對。如果政治人物只等待對的時候，他有機會說對的話嗎？如果他不說對的話，對的時機會自動到來嗎？

風波落幕

部長按摩風波逐漸落幕，世界又回到原有的秩序，議員和記者都回去找自己熟識的明眼按摩師了。電視上公開報導日本觀光客獨鍾台北按摩，明眼的妙齡女按摩師對著鏡頭巧笑倩兮，是否合法，無人聞問。消費完了按摩事件，沒有一個政黨、一位政治人物、一家媒體，再想到視障者的需要。

下個會期一結束，我被調離社會局。時過境遷，我還在想，我們可以有更正義的法律？更表裡如一的政治？更健康安全的社會嗎？

為什麼不可以？

這個世界是明眼人的

研究調查不敵「依法執政」

後來台北市商業管理處做了一份調查研究，歸結按摩服務的行業有八類：視聽理容店、瘦身美容店、美容美髮店、三溫暖、有 spa 設施之場所、健身房、觀光飯店及民俗療法場所（腳底按摩、國術館、推拿、整脊等）。從業人員女多於男，單親媽媽占相當大比例。在媒體報導中，常給人「按摩代表色情」的印象，似乎有誤。客人多數對於按摩師的性別沒有特殊偏好，有二成六偏好同性按摩師。在這年產值數十億的產業中（台北市二十億），全國有執照的盲人僅兩千四百多人，其他數十萬皆為明眼人。設籍於台北市的視障按摩師共八〇三人，因此非法營業的方式非常普遍，也造成政府和業者互不信任。

結論中提出了一些合理可行的建議，包括明眼人按摩合法化、建立僱用比例制、課徵按摩服務特別保護捐提高視障者福利、建立視障按摩師與業者媒合機制、宣傳按摩與色情脫勾之觀念、輔導視障者從事其他類別之專業職訓。

我多方蒐集資料，發現台北啟明學校的畢業生在二十多年前不論學什麼，最後的確只有按摩唯一出路。但近十餘年來已有明顯改變，在許多行業中盲人都有一席之地，也有人在普通大學做了教授。

不幸，研究和調查都僅止於書面作業，就像過去的許多研究一樣，沒有催生任何行動，最後一切都歸結到不作為、不改變的「依法執政」。

他山之石

在一場餐會中，我被安排在盲眼英國籍歷史教授鄰座，斜對面是盲眼的德國籍法官，英國教授的另一邊坐著陪同他出國訪問的助理，協助他處理日常生活。教授樂觀風趣，從言談中絲毫感覺不到他的「殘缺」，我們無所不談，十分投緣。當他說，他有特別助理，不必親自批改考卷、作業時，我開玩笑問他：「你是假裝看不見嗎？」他聽了高興得大笑。但他也告訴我，即使有再多的福利，他也不願用看不見來交換。臨別時他張開雙臂，把我緊緊抱住、久久不放，那一刻，我相信，他比更多明眼人都更清楚看到了我。我也更堅信，我們的盲人應該得到更多機會，活出更多自信。

在席間我努力了解他們的政府如何協助他們克服職場障礙，其實理念與方法台灣也有，只是在執行上沒有貫徹。於是我要求同仁積極規劃在工作場所協助盲人閱讀文件的閱讀人（reader）制度，因為盲人除了眼睛看不見之外，其他部分都是正常的，若能以人為方式克服這部分障礙，他們的發展可以海闊天空，無異常人。此外，我也請同仁與台北電台合作，開闢一個由盲人主持的節目。因為身為明眼人，我相信我們可能太過依賴眼睛這單一器官，而產生盲點。透過其他感官「看」到的世界必定會與透過眼睛看到的世界有所不同，若盲人能分享所見，必會對明眼人有所啟發，開拓新感覺和新「視界」，也將有助於明盲之間的溝通。

節目是開了，但最後主持人仍是明眼人，受訪者才是盲人。我不由得感嘆，這個世界、甚至這一個小小的節目仍是明眼人統治的，盲人只能是其中的異類，只能接受訪問，卻無法成為主導者。我即使居於下命令的位置，若無法讓同仁真正理解、認同命令背後的意義，也難以撼動這個世界既成的秩序。我需要和同仁好好溝通「互為主體」的理念，如果有時間的話。但終究，身處政治叢林，作為改革者，我的時日已盡。

大法官的考題

理容業者抗議、纏訟多年，按摩工作權的爭議終於交到了大法官手上，大法官在二〇〇八年根據憲法對人民工作權、平等權的保障及比例原則，宣告禁止明眼人從事按摩工作的法條違憲，三年後失效。政府應當促進視障者多元就業，並將按摩業的管理導入正軌。

看到這則消息，我一點也不覺得歡喜，反而感到悲哀。十年、二十年過去了，多少上位者在歡呼中風光上台，卻不去修補法律破綻，或許待修的破網太多，以致業者被迫自力救濟、尋求釋憲，才終於獲得合理處置。其間虛耗了多少公私資源，包括取締按摩徒勞無功的人力、物力和公信力，訴願的人力、時間，政府的效能、基層的士氣，失去的工作機會、生命機會……。而盲人除了被政黨動員走上街頭，又有誰曾經聆聽他們的心聲？

全世界以法律將按摩工作限定盲人的，除台灣外，只有韓國。二〇〇六年，韓國憲法法院曾頒布法令，宣布只允許盲人按摩的法律違憲。韓國人通常比台灣人行為激烈，不只上街頭抗議，三名盲人按摩師還從高樓跳下，以死抗議。過了兩年，就在台灣的大法官宣告違憲的前一天，韓國憲法法院再做出裁決，只有盲人才可以從事按摩業。然而首爾街頭美容護膚沙龍照舊林立，到處都看到明眼人按摩，與台灣不相上下。

大法官釋憲確立了原則，並沒有解決實質問題，而是將問題拋回起點：我們要如何設定制度，讓視障者得到適當協助，獲得個人最大的成長與發展。照顧盲人的原則無人反對，如何照顧才是考驗，既得利益者將視障者拉回按摩的力道仍十分強大。我曾經接向某間以視障生為主的學校建議，趁此釋憲機會，檢視相關法條，努力爭取視障者的就學、就業機會，雖得到正面回應，最後仍是石沉大海，學校課程重心依舊不變。二〇一〇年，我在某委員會提案，要求地方政府在大法官所訂的三年期限之內，好好規劃視障者多元就業方案。不料，兩位位居高位的委員卻互相唱和：盲人按摩師就是比明眼人好，其中一位宣稱，他的願望就是將來要設立一家豪華的盲人按摩院，提高盲人競爭力。這就是保證官運亨通的政治正確吧？盲人只是眼睛看不見，其他方面完全不輸常人，但他們遭遇的障礙豈止是自己的視覺，需要克服的又何其巨大！

老吾老

我從小跟著外婆，聽她說陳年往事，也看她為鄰里排難解紛。隨著她老去，接觸到她的老朋友，陪她進出醫院，開始思考老後的種種。外婆最後幾年為中風所苦，這是她最不願忍受的病痛。在她頭腦還很清楚時，曾明白告訴我：不想再演這齣戲了，她覺得醫院治療中風的方式不人道，要我設法幫助她解脫。我四處尋求協助，卻因為僵化的制度和觀念，得不到她所渴望的解脫之道，甚至當時一位倡議安寧照護的名人直接告訴我，癌末病人才痛苦，插上鼻胃管並不痛苦，因為她自己有過經驗。她的否決讓我看到改革的迫切需求。二〇〇二年底，有機會到社會局服務，明知是火坑，仍然辭去教職，跳了下去，也因為心底有這樣的願望。

到社會局不久，遇 SARS 來襲，災情漸緩後，老人問題就等不及浮上台面了。老人養護機構的業者夥同團體和議員，推著數十張空輪椅到市政府大門口抗議，揚言要丟尿布，這是少數人操控媒體的常用手法，以戲劇性的畫面搏取版面。我的上司，也就是當時的市長，每天晨起第一件事就是看報紙辦事，他不能忍受任何負面的批評。

原來在我上任之前，台北市老人照顧的經費七成五花在機構照顧，在每三個住進機構的老人當中就有兩人領取政府補助，在家的老人人數多得多，得到的照顧卻相對太少。因為大量經費用在補助機構，政府在預算上越來越不堪負荷。

需要長住機構的人有兩種：嚴重的身心障礙者，和重度失能的老人。有些身障者從小被送到機構，除了生活照顧，還需要特殊教育，所以政府給的補助（托育養護津貼）金額較高；老人則相對稍低。但老人也有因病致殘，而同時具有雙重身分者，其中有人住老人機構，卻以身障身分領取托育養護津貼，所以領的錢比別的老人多。為了作業方便，補助金通常由政府直接撥到機構，金額越高，機構得到的越多。上有政策，下有對策，老人福利法修正後，業者多收多賺，用各種手段招攬生意，台北老人養護機構數量頓時大增。

社會局為了平衡預算，公告依法實施老殘分流的補助方案：住老人機構的按老人標準補助，住身障機構者按身障補助，同一機構不再有雙重標準。但業者怎肯放棄已經銜在口裡的肥肉？於是透過議員施壓，社會局息事寧人，決定新案照新標準補助，舊案則暫緩一年。擱置問題，留給來者，是聰明的為官之道，因此政府的問題才會愈積愈多。現在一年期限已到，我無意再拖延，於是發通告提醒，協助業者作業務轉型。業者們不當回事，毫無反應，後來發現居然是玩真的，匆匆找議員開記者會，擺下輪椅陣，以年底大選為要脅。

鬧到了大門口，市長很不高興，嚴詞要求社會局重新檢討，旁邊自然不乏人落井下石。我檢視決策步驟，開始建立完整的資料庫，模擬可能狀況，邀請專家、團體和業者，密集討論，整體規劃。我們一面傾聽業者心聲，一面導入世界發展趨勢，坦白告訴他們政府的立場與困難，期望在現實條件下，建立一套可行的制度，用合理的成本，提供彈性、多元的服務。我們堅持可以制定政府補助個別失能者的標準，但不同意業者要求的統一收費標準，因為機構收費應當反應成本和服務品質。半年開了十九次會，誠意溝通，劍拔弩張的氣氛趨於緩和。

會前會後，台大楊培珊教授計算每一個想法背後的成本和支出，和社會局陳雪真專委討論規劃案細節，將十餘年來的研究心得化為行動。原則上，在地老化是比較人道的照顧方式，我們把老人留在家中，隨著失能程度增加，政府依照個別需要，提供逐漸升高密度的服務，從照顧人員定期至家中服務、集中式的日間照顧、機構養護，最後才是護理之家，形成漸進式的服務連續體。

在對象上我們改變只照顧低收入戶的傳統做法，也不只看身心障礙手冊，因為老人家即使非低收、沒有器官病變，也可能需要協助。於是我們建立個案管理制度，請專業人員評估失能程度，決定服務類型和補助額度。

舊制是以個案的經濟身分（低、中低收入戶及一般戶）為依據，再依身心障礙等級（輕度、中度、重度與極重度），決定補助金額。只要是低收，即使輕度身障，也可以領補助住機構，部分業者於是努力開發個案，以致太多可以自理的人過早進住機構，浪費社會資源，也太早放棄獨立生活。

新制以失能等級為依據，只補助中度以上失能者住機構，其次才審核資產決定補助額度。在傳統的全有與全無之外，增加補助級距，縮小差別對待，由原來的六級增為十級。貧窮線以上、但並不富裕的家戶，也可以得到部分補助。

我們同時建立更為完整的社區照顧體系，調整居家服務補助標準，提高時數與經費，政策性鼓勵民眾使用社區照顧。將「補助額度」及「實際收費」分離，政府只決定補助的額度和條件，實際收費由業者自訂。政府協助民眾購買服務，定價取決於市場機制，讓政府和市民都可以用較合理的價格購買到較多服務。同時增加長時數補助（每月上限增加至一百六十小時）、專案補助等，來提高使用意願，也增加居家服務員的全職工作機會，有較為穩定的收入。

政府一旦認真誠懇、斤斤計較、算得清清楚楚，反對的聲音也就失去立場了。

第一步總算跨出去了，完善的社區照顧體系尚需要更多互相搭配、彼此銜接的服務，有效的管理、訓練，以及互相關懷、尊重的社會文化，當然也需要減少無效的醫療，讓人生的最後階段過得有尊嚴。不幸我被迫提早離開社會局，改革中斷。但幸而此身尚在，退休後成立銀領協會，關心高齡社會的公共政策，繼續朝此方向努力。

與死神握手：創辦樹葬灑葬

年輕懵懂時，我就愛上了蕭伯納的名言：「理智的人改變自己去適應世界；不理智的人卻試圖改變世界來適應自己。因此，所有的進步仰賴不理智的人。」讀到汪精衛的「引刀成一快，不負少年頭」，更是血脈賁張，改革的激情似乎早已寫在我的基因裡。

社會局的眾多業務中，殯葬是一個眾人迴避的領域，我卻受到吸引，因為在其中看到許多改革的可能性。這塊黑色禁地讓我首度近身觸探死亡，思考與之相關的政策，而感到更接近生命的核心。

死亡和公共政策

死亡是生命的終點站，出生必然連結死亡，只是早晚難料。不同的文化各有面對死亡的態度，華人最操心，千方百計延後那一刻到來，復以隆喪厚葬、祭祀祖先來延續生命的想像。歷代政府曾於戰亂後休養生息，提倡簡葬，但成效短暫。佛教傳入中土後流行過火葬，卻在宋朝遭到禁止。至今風水、入土為安的想法仍盛，講究排場的葬儀在地狹人稠的台灣，製造了環境、噪音、交通等公害。

每年清明過後，經過子孫上山伐樹除草，都市近郊的水泥墳塚紛紛露出頭來，青山失去了顏色；殯儀館附近不論日子好壞，交通總是打結；大城小鎮馬路當中搭建的靈堂更聲驚四鄰，阻塞人車。有識者推動殯葬改革，鼓勵簡葬，為子孫留下淨土。但殯葬事業牽涉龐大利益和傳統習俗，比其他社會改革更為複雜、危險。好在經過數年折衝妥協，新的〈殯葬管理條例〉終於在二〇〇三年施行了，海葬、樹葬、灑葬等自然葬法從此合法。

人赤裸來到世間，享受萬物供養，臨去何忍再添垃圾，增加地球負擔？自然葬法讓人瀟灑乾淨離去，堪稱進步。但法律雖然通過了，學者和官員卻面有難色。他們知道，傳統風俗除了講究對先人的禮數，更在意子孫興旺，日子越不景氣，喪禮反而越隆重。台北市公墓七年輪葬實施以來，民眾一旦有了不幸，往往怪罪此制度破壞了風水。那麼，無墓地、不立碑的樹葬、灑葬人民會接受嗎？沒有人相信自然葬法在短期內可能落實。

政治鬥爭

台北市面臨的阻力尚不止於傳統習俗。為了鼓勵地方政府執行新法，內政部提出了獎勵措施，補助地方政府籌設樹灑葬專區。然而當時中央由民進黨主政，打壓國民黨主政的台北市，許多社會福利的法定補助項目，像中低收入戶老人生活津貼、低收入戶家庭生活補助等，都中途叫停，就是不撥款，弄得市政府捉襟見肘。殯葬也如法炮製，內政部給了同黨執政的台北縣（二〇一〇年改制新北市）兩千五百萬元，設立多元葬法示範區，台北市卻一分錢也不給。

沒有錢固然難做事，有錢而沒有人才、沒有決心更不可能成事。沒有經費已是事實，豈能因此放棄改革？我們苦思變通，如何把創意變成資源？如何在觀念上跨越生死鴻溝，讓死亡、喪葬不再陰森冰冷？

最後，我們決定異軍突起，趁農曆七月（民俗鬼月）殯葬淡季，市立殯儀館難得有閒置空間，辦一場歡喜熱鬧、年輕族群喜愛的飆舞，其間穿插有獎問答，宣導現代化、個性化的葬儀、葬法，為青少年在另類場所上一堂另類生命教育。

一步一障礙

但是，新方向的每一步都遇到障礙。大型舞會需要稱職的主持人，可是七月鬼門關大開，藝人們已心存忌諱，再聽到殯儀館，更是避之唯恐不及。同仁們尋尋覓覓，找到了美國人巧克力、日本人 Boss，他們沒有禁忌。在記者會上，巧克力咧開大嘴，露出雪白的牙齒說，在美國往生代表回歸自然，他母親生前便交代葬禮上不要哭泣，也不要穿黑衣，要開一個 Party，慶祝她走上新旅程。Boss 則說，他個人最喜愛的方式就是海葬，可惜在日本尚未合法化，他們兩位都支持自然葬法。消息見報後，有喪家找上市府高層，反對在殯儀館開舞會，因為他的家屬正躺在冰櫃中，等待八月下葬。我不想節外生枝，將「飆舞ㄙㄨㄥˋ中元」的活動改到大安森林公園，以嬉哈舞曲及搖滾安魂曲為主，舞動全場。整個過程雖然波折不斷，卻也因此餵飽了媒體，連續數天成為新聞焦點。代表新觀念的樹葬、灑葬成為熱門話題，我們以極少的經費達到了宣導新觀念的目的。

對新觀念的接受，民眾似乎走在政府前面。市民的正面反應讓我們信心倍增，行動的時候到了！可是內政部的補助還是沒有，我們自己編的公墓規劃費又卡在議會，不得動支。鑼鼓喧囂，布幕已經拉起，戲要如何演出呢？好在老演員有硬底子，腦力用不完。殯葬處長陳榮鴻和同仁優雅上台，轉身之間，利用整修自來水管的機會，將富德靈骨塔旁兩百坪的空地整理了出來，遍植榕樹、含笑、羅漢松、桂花等，又開闢了紅、白海棠、杜鵑、金露花、西洋雪茄等各色花圃，成立了樹灑葬園區，公開徵求市民預約。

在體制內工作，掌握公權力，有機會將夢想推向現實，卻也因為權力，成為覬覦的焦點。野心家誰不想來分一杯羹呢？舞台的燈光才剛打亮，一位不速之客就跳了上來，原來是議員大人。我們卯足全力，籌備全國首次樹、灑葬，國民黨的一位議員就找到了質詢的好題材，拿出紐西蘭和澳洲美麗的樹葬風景照片和我們正在整修的小花園做對照，厲聲斥責我們經費太少、面積太小、設計簡陋，一無是處。官員因為沒錢還努力做事而受到指責，十分罕見，但議員為了上媒體卻可以不擇手段。他的演出被製成斗大標題，殺傷力十足。公務員難道真是多做多錯嗎？

幸好民眾的熱情並未被澆熄，當我們推出「生前預約」一百個免費名額時，一天之內立即爆滿，我們只得將名額增加到五百。

生命新境界

全國第一場樹葬終於在二〇〇三年十一月舉行。木柵多雨，我們擔憂著陰晴不定的天氣，那天早上陽光卻露出可愛的笑容。在〈守著陽光守著你〉、〈台北的天空〉歌聲中，往生者家屬捧著可分解的骨灰盒，輕輕放在羅漢松下面、四十五公分深、預先挖好的樹洞裡，覆蓋上泥土，栽種一株聖誕紅，再獻上鮮花。接著將親人的紀念牌鑲嵌在大理石牆上，留下記憶。

溫馨、莊嚴的氣氛，感動了在場所有人。親手將妻子骨灰葬在羅漢松下的老先生說：「老伴生前最喜歡大自然，我希望把她葬在樹下，化作春泥更護花，完成她生前最大的心願。」他也為自己「預約後事」，將來要和老伴葬在一起，與大自然為伴，為這一生畫下完美的句點。一位小姐則說，媽媽生前喜歡大自然，希望往生後能回歸山野，靈骨塔遠離土地，太孤單，因此選擇葬在羅漢松下，讓媽媽長眠青山綠野，完成心願。

次年春天，一位老先生因為生前種杜鵑花，選擇杜鵑花叢灑葬，成為第一位灑葬者。視障者組成的啄木鳥樂團奏著悠揚的弦樂，家屬將骨灰灑在杜鵑花叢裡，殯葬處同仁接著灑上泥土，防止骨灰隨風飛揚，再灑上玫瑰花瓣，平添幾許浪漫。老先生的兒子告訴記者：「人若死後有知，卻將他局限在小小的棺材裡或骨灰罈中，豈不殘忍？還不如回歸大自然，自由自在。」

樹葬週年，總共有一百六十七位往生者選擇了這種自然又環保的葬法，從九十三歲的高齡長者，到出生才三天的折翼小天使；有旅居美國的僑胞選擇落葉歸根；有遠道來自日本的友人；也有一個家族將兩百年來十名先人遺骸同時樹葬。一位陳女士每週自動來澆水、照顧花草；有的父母在樹木周圍插上五顏六色的風車，讓園區充滿生命力。民眾用行動表達了他們的認同，市府也在往後幾年增闢了詠愛和臻善兩個新的園區，二〇一四年選擇樹葬灑葬者已達一八三二人，每十位往生者就有一位。

兩百坪山坡地、零預算、眾人迴避的殯葬業務，只要有好政策，在少數公務員永不放棄的努力下，終於得到市民支持，聯手創造了生命的新境界，我們一點一點改變世界。

驚濤駭浪中創辦海葬

人心叵測，政治險惡，好政策執行不易。幾經波折，樹葬、灑葬總算推動成功，證明生態保育觀念在台灣已漸成熟，不迷戀風水的大有人在。海葬則擁抱了更為浪漫的想像，我們沒有見好就收，進一步規劃海葬，現在回想，實在有夠白目。不過，若非憑白目勇氣踏荊棘前行，也就不會有苦盡甘來的果實吧。

僱船到海上拋灑骨灰並非創舉，早在法令公布之前，只要財力許可，已經有人私下做了，一九五三年吳稚暉的海葬不只公開，且是國家大事。但是由政府主辦則不同，必須在法律上站得住腳，而且不容瑕疵，否則任何善政都可能被亂刀砍得血肉模糊。所以我親自打電話給屏東海洋生物博物館，先確定不會造成環境汙染。

然而，台北市政府主辦海葬還有實質困難：除了關渡之外，台北市並不臨海。但關渡港有個致命缺點：水位太淺。想從關渡出海，必須仔細計算潮水的漲落，趁漲潮行動，否則船隻會擱淺。因而假道台北縣是比較合理的選擇。但當時台北縣是不同政黨執政，困難有多大？

比想像得到的大很多。

娛樂漁船vs.客船

管理殯葬業務的亮生科長擁有律師執照，活力充沛，創意十足，早已有所準備。他拿出一大疊和內政部、海巡署、環保署、農委會、交通部、台北縣往來的公文、會議紀錄。我仔細研讀，啞然失笑，官僚典型莫此為甚。最初所有機關都袖手旁觀，推稱劃定海葬海域不屬於自己權限，力有未逮。後來殯葬法令出爐，明示陸地、港口三海里以外，避開漁場、國軍射擊區及海上交通要道，都可以海葬，終於有了法律依據。然而謹慎起見，我們再度邀請各單位協商。台北縣沒有派人參加，卻以書面質疑使用娛樂漁船不合法。

民間租用出海的船隻有兩種：娛樂漁船（農委會漁業署管理）和客船（交通部管理）。客船體積較小、價格便宜；娛樂漁船船體大、設備新穎，安全、價格也較高。內政部曾經召開過海葬會議，農委會就建議使用娛樂漁船。不過娛樂漁船的管理辦法在海葬合法化之前就已制定，採取條列式用途，沒有規定可不可以用作海葬；客船的規定比較籠統，沒有限定用途。我們為了安全，原已租好娛樂漁船，現在台北縣反對，按照凡事向上請示的慣例，只好請漁業署解釋。當時中央主政者已經從國民黨換成了民進黨，漁業署態度丕變，推翻了自己過去的主張，表示娛樂漁船不符合規定。為了避免節外生枝，我們臨時改租客船。由於客船停靠在淡水漁人碼頭，乃決定由漁人碼頭出發。

諜對諜

台北縣政府不出席協調會，卻暗中緊盯我們一舉一動。出發前一天下午，以一紙傳真告知，娛樂漁船不符合規定，不宜辦理海葬。縣府同時向客船船東施壓，脅迫其不得開船。那天晚上，從七點到十一點，我掛在電話上，多方聯繫協調，用我極為蹩腳的閩南語和主管漁人碼頭的台北縣農業局長委婉溝通。局長正好是社會局一位同仁的近親，表現很大的善意。取得他的同意後，我們改在下午兩點漲潮時間由台北市關渡碼頭出發，避開台北縣管轄的漁人碼頭。

不料第二天上午，同仁們陪同喪家到達關渡時，客船的船東接到了「某方面電話」，威脅取消他停靠漁人碼頭的許可，不敢開船。為了顧惜船東生計，我不得已宣布取消海葬。

風水師的愛

但我仍覺得愧對人民的信賴。有錢人海葬易如反掌；升斗小民卻只有仰賴政府。海葬消息發布後，滿懷希望、遠自各縣市來報名的大有人在。想到那些懷抱著骨灰盒、等待開船的民眾，特別是來自高雄港、嚮往大海的一家，還有桃園的風水師一家，我就覺得做得還不夠。風水師篤信佛法，發願海葬，「布施魚群，也為地小人稠的台灣盡最後一份心力」。他的家人表示：

先父看盡許多喪親家屬為了找尋所謂的「好風水」安置先人骨灰，不惜耗費巨資，甚至到處濫墾濫葬，造成台灣整體環境的大破壞。他常感嘆，所謂的好風水是奠基於個人的好德性，如果不能體諒別人，沒有倫理，即使葬在「龍穴」也無法使子孫發達。

出殯當日，得知台北市政府將試辦海葬，他們欣喜莫名，相信因緣巧妙，到中藥房買了研磨藥材的缽子，全家大小漏夜將火化後的骨塊磨成粉末，（台北市的火葬場其實有研磨機），和上嬰兒米粉與麵粉，搓成丸子，放在社會局專程送上的環保盒內，等待施行老人家最後、最大的布施。未料凌晨接到社會局電話說要改地點，後來又要延期，心情悲憤。

我身為社會局長，目標顯著，雖然很想親自主持首次海葬，但顧慮台北縣政府的反應，取消了陪同出海的計畫，由同仁代表前往，儘量低調。在局內不斷接到電話，也心急如焚。到了下午，陪同家屬們的社工焦急地打電話回來說，骨灰丸子快要變酸了，無論如何也要出海，於是我決定社會局隱身幕後，委託民間葬儀社出面，仍由主持人陳凱倫和社會局同仁陪伴，不通知媒體，以家屬的名義僱船出海。

警匪追逐戰

不料台北縣政府仍不肯放過，接下來展開了有如警匪片的追逐戰，只不過雙方都是政府官員，加上瘋狂搶新聞的媒體工作者，堪稱台灣奇景。

為了分散注意，家屬和社工分批從關渡前往漁人碼頭，找到了有同情心的船家，正要啟航，卻因為媒體緊緊跟著，驚動了現場站哨的縣府官員。他們拿起對講機向上級報告，頃刻間碼頭所有的船隻都收到了禁止出海的命令，當天下午形同封港。不得已大夥只好再飛車離開漁人碼頭，分批轉進他處，擺脫窮追不捨的媒體。此時夜幕低垂，天色已暗，海風更大，但縣府的無理打壓已激起了船家的義憤，北縣東北角某船東自告奮勇，願意出海。台灣的社會正義最後只能靠人民來維護。

家屬們在凱倫和社工的陪伴下上了船，在海上繞行，經過誦經、默哀等儀式，拋灑骨灰、花瓣。有的家屬選擇直接拋撒骨灰，隨風入海；也有的將骨灰放在環保盒內，直接放入海中，隨浪花消逝，在現場巡航十分鐘後回航。我在辦公室等電話，確定家屬平安回來，才鬆了口氣，向記者們宣布這個消息。

遲來的「好代誌」

事後記者訪問台北縣民政局長，局長表示：「周邊海域，常有大型商船來往，加上出入的漁船，不能辦理海葬。」但他接著說：「台北縣預計在次年三月可完成樹葬、海葬準備工作，提供民眾更好的服務。」同一天縣長蘇貞昌則對另一記者說：「海葬是『好代誌』，也是趨勢，雖然現行法令不夠完備，但不能漠視。台北縣政府願意和台北市合作，協助落實海葬政策。」原來台北縣不能忍受的不是海葬，而是台北市領先辦理海葬。政客惡鬥，不僅罔視法律，連往生者也不放過，是台灣民主的悲哀。

人民的哀慟

隔了幾天，媒體追逐家屬的瘋狂期過去了，風水師家屬給市長和我寫了一封長信，除了上引選擇海葬的緣由外，也轉述了海葬當天的過程：

（從關渡轉至漁人碼頭之後）坐上船隻，苦候一小時，船家不敢開船，因為突然接到上級指示，所有船隻都被軟禁在岸邊。所有的家屬飽餐寒風的冷冽之後，被悉數請回岸上。希望的心，被無情的政客戳得遍體鱗傷，許多家屬抑扼不住傷痛，窸窣地哭了出來，心痛的不只是先人的遺骨所忍受的委屈，更是在位者不能體恤民情，只圖自我政治利益，枉念「生死事大」，貽誤親人的遺願，將成為家屬終生的遺憾!!

折騰一個多小時，葬儀社老闆出面，確定在XX處有行俠仗義的船夫，願意載送我們出海。然而，為了避免再度被干預，大家只好躲開記者，我載著家人、八歲的小女兒和先父的骨灰，只好沒命似地開著快車，東衝西撞地逃出記者群。如今想來，能完成先父遺願，又還保全性命，沒落得像黛安娜王妃般香消玉殞，該是先父在天之靈的護佑吧！這兩天回到家，內心仍覺感觸深刻，冒昧地寫信給馬市長，一方面是代表全家向市府相關員工致謝，再者，更希望藉由我們悲痛的經驗，提醒主政者：以民為重，否則再多美麗的言詞，都無法彌平一個喪親者的哀慟！

上天 vs. 制度

讀著信，幾週來的威脅、打壓都無足輕重了；台灣的希望不在善於鬥爭的政客，而在於知是非、明善惡的百姓，和盡忠職守的基層官員啊！

數月之內，四位陪伴出海的社會局同仁，三位已婚者都傳出自己或妻子懷孕的喜訊，對於久盼佳音的同仁，這是上天最大的獎勵，也使我感到，公道不只在人心，也存於天地。只嘆到了二十一世紀，我們仍得仰賴上天的公正，而無法信賴人為的制度，這不應是台灣的宿命。

附記：二〇〇五年底國民黨籍周錫瑋當選台北縣長，次年與台北市舉行聯合海葬，二〇〇七年香港舉辦首次海葬，二〇〇八年春，台北縣市、桃園縣舉辦聯合海葬，由八里出海。此後北北桃每年舉辦聯合海葬。目前一年舉辦四次。

不變的誓詞

二〇一四年底，經過一番激烈的競爭、中傷、造謠、遊街後，九合一選舉的結果底定，新的政府、新的官員出爐。電視畫面上，新市長領著新官員，一起舉著右手，大聲宣讀誓詞：

> 余誓以至誠，恪遵國家法令，報效國家，不妄費公帑，不濫用人員，不營私舞弊，不受授賄賂。如違誓言，願受最嚴厲之處罰，謹誓。

天哪，還是一字未變！

一九九八年我進入台北市政府成為政務官，接觸到的第一份文件就是這份宣誓書。懷著熱情和理想踏入公門，渴望有所建樹，沒想到公務系統是以如此肅殺的氣氛來迎接政務官，這是官場的下馬威嗎？我暗忖。守法盡職是公務員的本分，犯罪者理應受罰。若觸犯法令，即使不宣誓，也得受罰；即使宣誓，也不會加重判刑吧？

在訓練部門有機會接觸到新加坡的文官體系，對他們的紀律、效能、積極進取印象深刻，及至讀到部長誓詞，恍悟兩個政府的組織文化大相逕庭。新加坡的政府領導人上任時的誓詞試譯如下：

> 余誓以至誠，隨時隨地，竭盡所知所能，無懼無私，無偏無惡，執行法律所賦職責。

兩相比較，新加坡期望官員勇於任事、創新求進步，不必畏首畏尾；而我們卻以防盜之心警惕政務官必須處處提防、謹小慎微。在行政稽查、司法檢調之外，加上監察、考試兩院及廉政署等監督體系，還不放心，一上任就得指天誓地，戒慎恐懼。結果新加坡官員的清廉和效率仍遠遠超過我國，在國際排名也長居前五名，與北歐各國並列。顯然用恫嚇來防弊功能不大，卻反而牽制了積極任事的行動力。政府更應正面鼓勵公務員不畏艱難，創新求進，不怕犯錯。

我查了一下歷史，政務官的宣誓條例是一九三〇年制定的，那時北伐剛完成，時局動亂，貪汙舞弊是官場常態，所以不得不以嚴厲的語句威嚇警惕。八十五年過去了，時代早已不同，政府組織幾經調整，宣誓條例也修改過十次，唯獨誓詞仍停留在訓政時期，一字未變。

於是我在一九九九年上書行政院人事行政局，從企業型政府的角度建議修改誓詞，鼓勵公務員積極作為，創新改革。得到的回音是存查參考，大約就是束之高閣的官方說法吧。過了很多年，我退休了，誓詞仍未變，二〇〇九年我再投稿報紙，文章刊出來了，引起高層注意，考試院也採取了行動，只是修改的卻是事務官的書面誓詞，那種基層公務員報到第一天，夾在一大堆表格中的一張，政務官誓詞至今依然紋風未動。

日子一天天過去，組織改造後，衙門越來越多，官員的人數也越來越多、層級越來越高，捧讀誓詞的政務官有增，真假弊案卻無減。問題豈僅是誓詞。

酷吏與笨蛋

台灣政壇最聲名卓著的酷吏大約就是前監察院長王建瑄和現任台北市長柯文哲了。柯經常炫耀他的高智商，以磨刀霍霍的凶態對待公務員；王則公開說：公務員裡有一大堆笨蛋，只會講問題不能解決問題，就是笨蛋；有很多問題能解決就是幹才，不能解決問題就下台。簡化問題、誇張聲勢的說法和作法符合媒體的胃口，容易成為受人膜拜的英雄，卻重挫公務員士氣。

像其他行業一樣，公務員裡面不是沒有笨蛋，但也不是沒有幹才。以目前公務員考選之嚴格，應當是人才多於笨蛋，但以結果論，為什麼有那麼多令人沮喪的問題無法解決，而且越滾越多？難道是人才進入公務體系之後變成笨蛋了嗎？或者說人才並沒有或還沒有變成笨蛋，但為了存活，必須扮成笨蛋的樣子，時日久了，終於變成笨蛋、或者被當成笨蛋了？

把人才變成笨蛋的催化劑不只一種，以我的公務經驗，監察院絕對是其中重要的一環。當初我滿懷熱情加入公務體系，不斷激勵同仁創新求變，資深幹練的公務員卻好心提醒：監察院可是從來不罰不做事的人，只罰做錯事的，以致養成大家不做不錯、小做小錯、大做大錯的不敢做事的心理。後來身歷其境，感慨萬千。

我擔任部門主管，創造績效，也注意開源節流，歲入比從前增加了四十倍，於是徵得主計部門同意，拿一小部分來整修年久失修的學員宿舍。通常公家單位的作法是，若要換天花板或地板，就整層樓都換掉，不管有壞沒壞。不幸同仁受了我的影響，精打細算，決定只做局部修繕，節省公帑，用同樣的經費修理較大面積。

我們修了天花板，又修地板，再油漆牆壁，正慶幸宿舍煥然一新，在假日租出去，可以增加公庫收入，卻遭到了監察院的糾舉。因為如果整層樓換新，很容易丈量面積，也容易核對，偏偏我們只做局部修理，雖然省錢，卻因需要每一小片都丈量，很難精確，而不管金額大小，監察院都要求同樣的準確度。所以若更新一千坪可以容許十坪的誤差，一百坪就只容許一坪誤差，結果是我的同仁和監察院花了一兩年反覆丈量和計算那總共一兩百坪的修繕工程，公文不知往返多少回，人事和事務費用早已超過了工程費用，士氣打擊更不在話下。當時我就想，雙方的公務員都很認真，監察院的調查人員更是一絲不苟，自帶便當茶水，不受招待。休息期間我過去打個招呼，表示禮貌，對方面無表情不想搭理，彷彿怕我順勢關說求情。那麼，為什麼不去發掘那些真正的弊案，或者那些真正的浪費呢？若自我局限，只要求負責調查的公務員最大化自己的績效，那麼總體績效如何聰明達成呢？監察院為何而存在？

另一個負責把公務員變笨的政府機制大約就是民意機關了，議員除了可以不必負法律責任，在議場用各種方式羞辱官員外，也可以以質詢為名，行霸凌之實，或者杯葛預算，癱瘓政府。曾經流傳過一個故事，某議員（信天主教）與一廟宇進行訴訟，結果敗訴，把一股怨氣發在主管宗教業務的民政局頭上，不斷要求提供各種書面資料，到了必須用小貨車載運的地步，負責業務的府會聯絡員為此急白了頭髮。我認識那位年輕的聯絡員時她的確滿頭白髮，只是因為不夠熟識，不好意思當面求證。我自己也曾為了不贊成將訓練中心轉型為市立大學（因為台灣的大學已經太多），而成為一位議員的眼中釘，她一口氣向我們要求十年來所有課程的紙本資料。雖然不合理也沒有意義，但公務機關無權拒絕，只能聽命。為了避免同仁繼續被拖累，我只得不斷示好求情，方才稍稍平息了那位大姐的怒氣，從十年改為三年，同仁們額首稱慶。公務員低聲下氣、假裝成笨蛋，不只是為了自保，也是顧全大局啊！

我曾經有一個心願，離開公務後，要從事議會監督，提升民主品質，但是到現在都提不起勇氣，回到那個反智、反教養的場所。只有繼續觀看政客們一面反智、一面嘲笑笨蛋的矛盾表演了。

你也在這裡！

張愛玲曾經如此寫到愛：「於千萬人之中遇見你所遇見的人，於千萬年之中，時間的無涯的荒野裡，沒有早一步，也沒有晚一步，剛巧趕上了，也沒有別的話可說，惟有輕輕的問一聲：『噢，你也在這裡嗎？』」

「十年修得同船渡」，即便沒有愛情，相逢，這萬千中的機遇，亦足以珍惜。只是，相逢、相識，甚至相知之後，總以為還有時間，還有機會，也往往因為還有別的牽掛，即使居住在同一個城市，也因一再磋跎，便再也無緣重逢了。因此，特別感激那些努力維繫情誼的老友，也感謝那冥冥中牽引的力量，讓許多重逢在意料之外發生，激發新的感動。

這是一個新朋舊友相聚的愉快夜晚，主人們分別來自新加坡和台灣本地，長久獻身社會公益，特別是老人照顧事業。

主人之一志偉年紀雖輕，在這個領域努力已經很久了，他一直想擴大影響力，造福更多人，但有感於自己創意有限，於是極力「追求」一位著名的廣告才子，希望爭取他加入。只是再怎麼想方設法，才子都遠在天邊，連電話都接不上。

因為社區照顧事業的合作關係，志偉每年都要到新加坡幾次。不久前，他在飛往新加坡的班機上竟然看到了他夢寐以求的才子就坐在自己旁邊，高興地自我介紹，想藉此搭上線。才子卻以為遇到了詐騙集團，眼前這位高大、俊帥、時尚的年輕男子自稱從事老人居家服務，也未免太不善偽裝了，於是閉目假寐，拒之於千里之外。沒料到，過了幾天，志偉辦完了事，準備回台，因事耽擱了一天，登上飛機，又看到了才子和他美麗的妻子，妻子睡了，才子獨自看著機上電視。志偉捨不得放棄這難得的重逢良機，再鼓起勇氣，上前搭訕。才子被他的誠意打動，答應去他主持的傳神居家照顧協會看看。

才子如約到了協會，看到、聽到了許多動人的故事，其中最深刻難忘的是八九高齡的康伯伯，康伯伯雙眼幾近全盲，但仍參與協會的服務工作，並多次隨著傳神的老年團隊騎上腳踏車環島，去年更從上海騎到北京。他看不見前面的道路，完全仰賴騎在後面的妻子指揮方向，妻子的年紀也不小了，卻為了丈夫踏上征程。在傳神日間照顧中心，康伯伯有一位一百零二歲的老友，兩人經常說說笑笑。一次，老友說起六十多年前內戰中乘坐輪船來台灣、船身傾斜的驚險往事，康伯伯才發現兩人搭乘逃命的竟是同一條船，曾經同生共死，當年二十出頭的小伙子互不認識，怎料今日竟然重逢，成為朋友！生命一樁又一樁的驚奇勝過了想像，也感動了才子，他告訴志偉，願意為老人工作盡一份力。

所以今晚的聚會才子是新朋友，他不但帶來了妻子，還有他的工作伙伴，以及一位過去的同事，可以協助推廣創意的公關公司的總經理，這位總經理很低調，雖然來自號稱全國最大的公關公司，卻沉默而謙虛。

因為理念相近，大家相談甚歡，甚至離開座位，四處走動。總經理突然拿著酒杯走過來，問我是否記得她？她曾經到過我在社會局的辦公室。

對於奧美公關，我一直心存感激。當年我們準備停發問題叢生的老人搭乘公車的回數卡，改為發行貼有照片的記名悠遊卡，便預期極大的反彈，因為政府任何政策的改變，即便是提供更多、更好的服務，也都可能踩到了少數既得利益者的紅線，遭受反對。受益的大多數往往沉默不語，損失少許利益的少數卻可能聲勢驚人，占領媒體。為了減少阻力，我們想請公關公司協助，當時就與奧美的兩位同仁接觸過。不幸我們發現，行銷理念的費用很高，負擔不起，而且時程緊迫，公家機關所有花費都要一年多以前就編好預算，緩不濟急，於是決定自己來做行銷。兩位專家受到感動，指點了方向，我們摸石子過河，總算有驚無險過關了，只受到少數議員以抵制社會局的總預算來杯葛。

那是一個永難忘懷的歲末寒冬，半夜倒數計時已過，一〇一大樓的煙火也早已熄滅了，市府祕書長陳裕璋陪著我，到一位國民黨議員的辦公室，低聲下氣求他高抬貴手，放我們的預算一馬，因為只要有一位議員不同意，預算就無法過關。這樣的不對等權力關係，扼殺了多少創意，冰凍了多少公務員的熱血！事隔多年，我已離開公職，與奧美也失去了聯絡，沒想到居然在這樣的場合重逢，噢，你也在這裡！

我在社會局期間，結交了許多民間團體的好友。他們來自五湖四海，卻有一個共同的特色，就是只要是對的事情，不論有無資源、有無風險，都全力以赴，最後也總能得到各種助力，如願完成。在過程中，放下私心，相信眾人的善念和上天的指引，終會得到完滿的結局。就是這些存在社會各個角落的善意善行，超越了浮囂的媒體、動盪的政局，默默匯聚、集結，發揮了安定的力量，也讓我看到了社會改造的可能性。

九歌文庫 1202

都是陌生旅程的起點

著者	顧燕翎
責任編輯	鍾欣純
創辦人	蔡文甫
發行人	蔡澤玉
出版發行	九歌出版社有限公司 臺北市105八德路3段12巷57弄40號 電話／02-25776564・傳真／02-25789205 郵政劃撥／0112295-1
九歌文學網	www.chiuko.com.tw
印刷	晨捷印製股份有限公司
法律顧問	龍躍天律師・蕭雄淋律師・董安丹律師
初版	2015（民國104）年10月
定價	300元

書號　F1202
ISBN　978-986-450-016-1
（缺頁、破損或裝訂錯誤，請寄回本公司更換）

國家圖書館出版品預行編目資料

都是陌生旅程的起點 / 顧燕翎著. – 初版. --
臺北市：九歌, 民105.10
面 ; 14.8×21公分. --（九歌文庫；1202）
ISBN 978-986-450-016-1（平裝）

855 104017496